Am Morgen haben sie noch gemeinsam Möbel gekauft. Am Abend erwarten Daniel und Marta Freunde zum Essen. Wie immer amüsiert sich die Runde prächtig. Einzig Marta ist einsilbiger als sonst. Als alle weg sind, rückt sie mit der Sprache heraus: »Ich bin schwanger. Und ich will das Kind nicht bekommen.«

Marta Orriols

Sanfte Einführung ins Chaos

MARTA ORRIOLS

SANFTE EINFÜHRUNG INS CHAOS

ROMAN

Aus dem Katalanischen
von Ursula Bachhausen

dtv

Von Marta Orriols
ist bei dtv außerdem erschienen:
Der Moment zwischen den Zeiten

Deutsche Erstausgabe 2022
2022 dtv Verlagsgesellschaft mbH & Co. KG, München

Titel der katalanischen Originalausgabe: ›Dolça introducció al caos‹
Dieses Werk wurde vermittelt durch SalmaiaLit, Literary Agency

Umschlaggestaltung: FAVORITBUERO, München
Umschlagmotiv: DEEPOL by plainpicture
Satz: Greiner & Reichel, Köln
Gesetzt aus der Stempel Garamond
Druck und Bindung: GGP Media GmbH, Pößneck
Printed in Germany · ISBN 978-3-423-29000-5

Für dich, Miquel

IM TAKT

1

Noch verspürten sie das Bedürfnis, einander so nahe wie möglich zu sein. Wenn sie zusammen durch die Straßen gingen, mussten sie oft über sich selbst lachen. Es war unübersehbar, dass sie zusammengehörten: Sein Arm lag auf ihrer Schulter, ihrer um seine Taille, und bei dem Versuch, in ihrer überschäumenden Freude einen gemeinsamen Takt zu finden, verhedderten sich ihre Füße hoffnungslos. Sie rauchten beide, und die Zigaretten in ihren Händen machten es noch ein Stück schwerer, so eng umschlungen spazieren zu gehen. Lachend, umgeben von Rauchkringeln, im unverwüstlichen Zustand der Verliebten. Spielerisch traten sie auf die Schatten, die sie nachts auf das nasse Pflaster warfen, bis ihre Abbilder zu einer einzigen, dunklen Silhouette verschmolzen. Sie wirkten wie Charaktere in einem Schwarz-Weiß-Film der Nouvelle Vague, die mit einer existentialistischen Pose unsentimental und rebellisch der absurden Welt trotzten. Er sprach es nie aus, doch hatte er den Eindruck, als legten sie den Grundstein zu etwas Besonderem.

Manchmal, nachdem sie miteinander geschlafen und dem Akt stillschweigend etwas Außergewöhnliches zugeschrieben hatten, machten sie damals, in die Laken gewickelt, mit einer alten Polaroidkamera noch Fotos voneinander. Auf dem lichtempfindlichen Papier ist das vom Blitz erhellte Bettzeug mit der Zeit zu einem matten weißen Fleck geworden. Auch ihre Gesichter, die Züge zweier Menschen im Liebesrausch, sind inzwischen verblasst, wirken fast geisterhaft, wie aus einer vergangenen Welt. Auf den Bildern sind sie mit der unvermeidlichen Zigarette in der Hand zu sehen, das Haar zerzaust, und in ihrem Blick liegt etwas trügerisch Subversives, das ihnen eine vage Anmut verleiht, einen leicht punkigen Touch wie auf einem Plattencover.

Ganz am Anfang, als sie, frisch verliebt, ihr späteres Handeln noch nicht absehen konnten, hatten sie sich denselben winzigen Stern in die kleine Vertiefung hinter dem Ohrläppchen tätowieren lassen. Manch einer denkt jetzt sicher, dass sie feige waren, zeugt es doch nicht gerade vom festen Glauben an die gemeinsame Zukunft, ein Liebestattoo zu verstecken; wenn man es riskiert, eine Beziehung einzugehen, sollte man das ganzen Herzens tun. Manch anderer hält dem aber vielleicht entgegen, dass es überhaupt kein großes Wagnis ist, sich denselben winzigen Stern stechen zu lassen. So was könne im Gefühlsüberschwang jeder tun, es bedeute erst mal nichts.

Ein Stern also. Ihrer sollte sein Schicksal beeinflussen und umgekehrt. Kindlich-naive Ikonographie auf erwachsener Haut.

Sie sind noch jung, haben ihr Leben noch vor sich. Seit seinem dreiunddreißigsten Geburtstag schwindet Danis Gefühl hedonistischer Sorglosigkeit allerdings zusehends. Er beginnt zu ahnen, dass er sich in einer flüchtigen Freiheit eingerichtet hat, einer Illusion, von einer Welt hervorgebracht und aufrechterhalten, die dem Erwachsenwerden nur zu gern eine Absage erteilt. Ein schönes Leben zu führen scheint ihm ein solides Ziel zu sein, und dies an der Seite einer vor Vitalität strotzenden Frau zu tun ein Zaubertrank, der ewiges Leben verheißt. Er sei ein erwachsener Mann und habe es gerade mal zu einem Sterntattoo hinterm Ohr gebracht, hält seine Mutter ihm ständig vor, in seinem Alter habe sie bereits zwei Kinder gehabt, ganztags gearbeitet, den Haushalt geführt und noch dazu Geld in ihr Heimatdorf geschickt. Mir hat damals auch keiner geholfen!, enden ihre Tiraden jedes Mal, bei denen er insgeheim immer an einen Rap denken muss. Wenn sie Danis von keinem messbaren Erfolg gekrönten Übergang ins Erwachsenenalter kritisiert, ist seine Mutter gnadenlos.

Mittlerweile sind er und Marta zwar nicht mehr jung genug, um noch in den Genuss von Preisnachlässen oder Gratis-Reiseversicherungen zu kommen, aber sie tragen die Jugend noch immer eingraviert wie ein poetisch verklärtes Mal und verschließen vor den Risiken die Augen. Sie wollen nicht wahrhaben, dass andere in ihrer Art zu leben eine falsch verstandene Freiheit sehen. Sie schlendern eng umschlungen durch die Straßen, und das größte Wagnis hat bisher darin bestanden, sich denselben Stern hinters Ohr tätowieren zu lassen. Vielleicht geht es im Leben ja tatsächlich auch nur darum: um Gemeinplätze, die sich überall und zu allen Zeiten wiederholen in einer trügerisch harmonischen, noch nicht von der Vernunft kontrollierten Welt.

Vor einem Jahr hat sich zum ersten Mal etwas verschoben. Als sie zusammenzogen und ihr Hab und Gut und alles andere unter einem Dach vereinten: all ihre Marotten, das goldene Barometer, das seinem Vater gehört hatte, ihre Freundinnen, seine Kumpels, ihre Bücher, ein kleines Keramikhuhn, das sie von einer Reise nach Peru mitgebracht hatte, ihre Kameras und seine Filmklappe. Und natürlich der Hund. Als sie Rufus aus dem Tierheim holten, hatten sie sich, ohne es zu wissen, ein letztes Mal treiben lassen.

»Verdammt, geh endlich mit dem Hund raus, Dani! Ich passe schon auf deine Töpfe auf.«

»Schatz, die anderen kommen gleich. Ich gehe kurz mit ihm runter, wenn alle da sind und am Tisch sitzen.«

»Nein, tu's jetzt, es regnet gerade nicht. Der arme Kerl war den ganzen Tag nicht draußen. Stimmt's, Rufus? Oh Mann, was würde aus dir werden, wenn ich nicht wäre! Mach schon, Dani, tu mir den Gefallen und geh mit ihm Gassi.«

Rufus ist ein alter, goldbrauner, von Arthrose geplagter Labrador mit einer feuchten Schnauze und einem Blick, als hätte er schon alles gesehen. Ein majestätisch wirkender Hund, der mit einer anrührenden Würde auf ein paar verschlissenen Teppichen liegt, Erbstücken von Martas Großmutter väterlicherseits. Nach dem Tod ihrer Oma Jutta hatte Marta sie vor vielen Jahren aus Berlin mitgebracht und in Barcelona in jede neue Wohnung mitgeschleppt. Wenn sie mit ihren nackten Füßen darüberlaufe, sagt Marta immer, müsse sie daran denken, wie ihre Großmutter über die Wolle gestreichelt habe. Er selbst hat die deutsche Großmutter ja nicht mehr kennengelernt, doch wann immer Marta auf ihre Oma zu sprechen kommt, ist es, als hisse sie auf dem Balkon eine Fahne. Sie erwähnt sie oft, und dabei hat er das Gefühl, dass sie am liebsten nicht nur Juttas DNA geerbt hätte, sondern auch die Nationalität mit offiziellem Stempel im Pass. In Martas Worten steckt ein unverhohlener Anflug von Stolz und Zugehörigkeitsgefühl, er spürt darin allerdings auch einen leisen Groll, darüber, dass sie in Barcelona und nicht in Berlin geboren worden ist, so als ob diese Lappalie ihre Würde schmälere.

Marta hat von ihrer Oma aber nicht nur die Teppiche, den typischen Berliner Tonfall, der durchklingt, wenn sie gelegentlich deutsche Worte fallen lässt, und den winzigen, ihr so verhassten Höcker auf der Nase geerbt, sondern auch ihr ungeheures strategisches Geschick. Denn es steckt ohne jeden Zweifel ein Plan dahinter, ihn in diesem Moment mit dem Hund zum Gassigehen zu schicken.

Auf ihr Drängen zieht Dani widerstrebend die Schürze aus. Als er dem Hund die Leine anlegt, schnalzt er mit der Zunge wie ein verärgertes Kind.

Weder Mann noch Hund können ahnen, dass Marta, sobald die beiden fort sind und er sich unten auf der Straße eine Zigarette anzündet – die letzte, wie er seit Wochen nicht müde wird zu behaupten –, ins Bad rennen und die Verpackung eines Schwangerschaftstests aufreißen würde. Des zweiten an diesem Tag.

Sie sind seit zwei Jahren zusammen. Und seit fast einem Jahr leben sie unter einem Dach. Dani bewundert sie, liebt sie, und manchmal hasst er sie auch für einen kurzen Moment, wegen irgendeiner Kurzschlussreaktion, wie sie beim Zusammenleben einfach unvermeidlich sind. Er besitzt eine überbordende Fantasie, und so ist es für ihn später ein Leichtes, sich ein Bild auszumalen, das er in Wahrheit nie gesehen hat. Er stellt sich vor, wie sie auf dem Klodeckel sitzt und gedankenverloren an einem Fingernagel kaut, so wie er es in unzähligen Filmen schon gesehen hat, Bilder, die sich überlagern wie ein Foto auf einem Foto, das wiederum auf einem weiteren Foto erscheint, oder die Reflexion eines Spiegels, der das Bild eines anderen Spiegels zurückwirft und es so, immer kleiner werdend, bis in alle Ewigkeit wiederholt: das Bild einer nägelkauenden Frau, die mit übereinandergeschlagenen Beinen auf dem Klodeckel sitzt und in der anderen Hand ein uringetränktes Plastikstäbchen mit der gleichen Apathie hält wie frühmorgens die erste Zigarette auf dem Balkon, wenn sie, in ihren dicken Wollpullover gemummelt, mit leerem Blick die anstehenden Fotosessions plant und über die passenden Objektive und Kameras nachdenkt, während die Sonne aufgeht und sie mit jedem Zug den anbrechenden Tag in geheimnisschwangeren Rauch hüllt.

Spiegel im Spiegel, eine Frau, die auf dem Klodeckel sitzt und gedankenverloren an ihren Fingernägeln kaut. Eine Frau und ein Embryo, und unten auf der nassen Straße schaut der Mann, der mit seinen Genen an Letzterem nicht unbeteiligt ist, ungeduldig auf die Uhr und denkt, dass ihre Gäste jeden Moment da sein werden und Marta vermutlich den Herd ausgeschaltet hat, um sich nicht mit der lästigen Frage auseinandersetzen zu müssen, ob die Sauce noch ein paar Minuten braucht oder nicht. Nachdem der Hund in dem für sein Greisenalter typischen Schneckentempo an den Baum gepieselt hat, zieht dieser Mann stirnrunzelnd ein letztes Mal an der Zigarette, schnippt die Kippe auf den Boden, tritt sie mit der Schuhspitze aus, hebt sie auf und eilt zurück zum Hauseingang.

»Marta! Wieso hast du den Herd ausgemacht? Ich hab dir doch gesagt, die Sauce ist noch nicht so weit!«

Wie muss sie ihn im Bad mit zusammengebissenen Zähnen verwünscht haben, weil er wegen der Kocherei schon so bald zurückgekehrt ist. Bestimmt hat sie geflucht: *Scheiß auf die verdammte Sauce!* oder so etwas in der Art. Sie kann manchmal ziemlich ordinär und ruppig sein, ansonsten ist sie vom Wesen her aber eher fröhlich, wenn auch nicht sehr mitteilsam, ein bisschen verzogen, sehr clever und alles andere als besitzergreifend.

Vier Minuten und ein paar Sekunden. Die Augen groß, die Stirn angespannt und ein Druck im Magen, hervorgerufen durch die Hast und Scham, den Schreck und die nervtötende Warterei. So stellt er sich die Szene vor. Sie wedelt mit dem Schwangerschaftstest wie mit einem Fächer. Kalte Schweißperlen auf den feinen, blonden Härchen über ihrer Oberlippe, ihr Herz rast, als sie schließlich auf das Plastikstäbchen blickt. Rasch versteckt sie es tief unten im Wäschekorb. Allein im Bad mit der schicksalshaften Botschaft bekommt sie vielleicht Mitleid mit ihm, wie er in der Küche laut herumhantiert, um seinem Ärger über den vorzeitig abgeschalteten Herd Luft zu machen. In ihrem Leben ist etwas Entscheidendes passiert, und er ist sauer wegen der Garzeit seiner Sauce.

Die großen Wahrheiten kommen nicht selten unvermittelt ans Licht. Binnen weniger Minuten, der Zeit, die man benötigt, um mit dem Hund kurz Gassi zu gehen, taucht zum zweiten Mal auf dem Schwangerschaftstest ein dünner Streifen auf, scheu wie die zarte rosa Linie zwischen Himmel und Meer im Morgengrauen, wie das verschämte Ja einer Braut vor dem Altar. Und das war's. Der Moment, in dem sich alles für sie beide ändert, wird für immer mit diesen Sinneseindrücken verbunden sein: den Spuren des Regens auf der Straße, dem intensiven Aroma der Tomatensauce in der Wohnung, dem noch nicht fertig gedeckten Tisch vor der Ankunft der Freunde. Und den tätowierten Sternchen hinter ihrer beider Ohren.

2

Wo und wie man lebt. Wo und wie man in Kindertagen gelebt hat. Auch das bestimmt ein bisschen unsere Persönlichkeit. An jenem Donnerstag, an dem abends ihre Freunde zum Essen kommen würden, fuhren sie morgens kurz zu Ikea, um ein paar Dinge fürs Schlafzimmer zu besorgen. Am Vormittag folgten sie noch den vorhersehbaren Pfaden ihres gemeinsamen Lebens, nicht ahnend, dass dieses ein paar Stunden später eine unerwartete Wendung nehmen würde. Nur deshalb ritt er auf dem Weg ins Möbelhaus auf Dingen herum, die tags darauf keine Bedeutung mehr haben würden. Es gehe ihm gegen den Strich, ihre Wohnung mit billigen Allerweltsmöbeln einzurichten, nörgelte er und dachte noch, er spräche über Möbel und Design. In Wirklichkeit ging es dabei jedoch um etwas anderes.

Die massiven Möbel seiner Kindheit waren zwar gleichfalls schlicht gewesen, aber er sehnte sich vor allem nach dem zurück, was sie für ihn verkörperten: Sie standen für Stabilität, für etwas, das seine Pubertät überdauert hatte, so wie an ihnen auch noch immer die verblichenen Aufkleber längst vergangener Zeiten klebten: »Barcelona 92« mit dem Maskottchen Cobi und den olympischen Ringen oder der Troll aus dem Comic ›David, der Kabauter‹. Dani hielt es für eine nostalgische Sehnsucht nach den alten Zeiten und verkannte, dass das, was ihn unbewusst quälte, die Tatsache war, dass man sich im Leben an nichts festhalten konnte. Dani spürte zusehends die Veränderung um sich herum, spürte, dass mögliche Verluste nicht mehr auszuschließen waren.

Früher boten die Eltern den Kindern ein sicheres Fundament. Tag für Tag gingen sie zur Arbeit, und abends kehrten sie mit mehr oder weniger vollen Einkaufstüten heim. Die Erwachsenen schützten sie vor der Welt, von deren Flüchtigkeit, Künstlichkeit und Zerbrechlichkeit Kinder noch nichts ahnten. Die Flüchtigkeit nahm man erst wahr, wenn man mittendrin steckte oder der Wandel sich bereits vollzogen hatte. Erwachsen, reifer zu werden hieß eben auch, sich auf Veränderungen einzustellen und die unbeschwerte Jugend und die sorglosen WG-Zeiten hinter sich zu lassen. Weiterzuziehen, an einen anderen Ort, zu einem anderen Job, in eine andere Wohnung.

»Ich habe Bilanz gezogen. Gut zehn Jahre ziehe ich nun schon herum wie ein Nomade, immer auf der Suche nach einem neuen, besseren Leben. Ein Australopithecus mit Handy und Laptop. Und da wir es heute, nach so vielen Monaten, endlich geschafft haben, uns zu treffen, möchte ich euch nun mitteilen, dass ich, nein, dass wir …«, mit einem Seitenblick schenkte er Marta ein Lächeln, das sie gequält zurückgab, »… dass wir hoffen, mit dieser Wohnung ein für alle Mal in die Jungsteinzeit eingetreten zu sein und sesshaft zu werden.«

Lautes Gelächter. Ihre Freunde lachten immer über

seine Scherze, stets in Erwartung eines feierlichen »Nein, aber jetzt mal im Ernst«, mit dem er für gewöhnlich selbst noch die belanglosesten Anekdoten krönte und dem er dann irgendeine nostalgische Sentenz folgen ließ. Arcadi, schon seit den Unizeiten für sein freches Mundwerk bekannt, sagte immer, Dani sei ohne jeden Zweifel einer Klinik für depressive Neurotiker und Zwangsgestörte entsprungen. Aber im Grunde genommen liebten sie ihn alle. Nicht zuletzt, weil er derjenige war, der ihren Freundeskreis am Leben erhielt.

An diesem Donnerstagabend, nach dem zweiten Schwangerschaftstest, hatten Marta und er gemeinsam den Tisch gedeckt, während sie auf die Freunde warteten. Er stellte ihr eine Frage zu den Weingläsern, denn wenn Melca rechtzeitig den Schnellzug erwischte, wären sie zu neunt, sie hatten aber nur sechs Gläser. Wenn er jetzt daran zurückdenkt, wirkte Marta ziemlich abwesend, bestimmt hatte sie nur das Testergebnis im Sinn. Mit geheucheltem Interesse erwiderte sie, dass er nur Wassergläser hinstellen solle, vorher wolle sie aber noch die Leinendecke ihrer Oma auflegen. Wahrscheinlich fühlte sie sich ihr an diesem Abend näher, wenn sie den alten, vertrauten Stoff unter ihren Fingern spürte, vielleicht vermittelte er ihr dieselbe Sicherheit wie damals Omas fester, tröstender Handgriff, wenn sie als Kind vor dem Rückflug nach Barcelona Angst hatte. So, als könnte die Berührung der Tischdecke ihr helfen, einen kühlen Kopf zu bewahren und das Abendessen zu überstehen, das sie nicht mehr absagen konnte.

Rauchgeschwängerte Luft, laute Gespräche, auf dem Tisch verstreute Nussschalen, Asche in leeren Bierdosen und Reste des Apfelkuchens, den irgendwer zum Nachtisch mitgebracht hatte. Lippenstiftspuren an einem Glas. Sie machten Fotos der Flaschenetiketten und luden sie in einer App auf Marcs Handy hoch, in der der Wein bewertet wurde. Marta versuchte ihre Unruhe so gut sie konnte zu verbergen.

»Ich muss dir was sagen, Dani«, erklärte sie, als sie sich kurz in der Küche begegneten.

»Warum kippst du den Kaffeesatz immer in die Spüle?«, raunzte er sie an. Am anderen Ende des Flurs hörten sie ihre Freunde laut lachen. »Entschuldige, was wolltest du sagen?«

»Nicht jetzt. Später.«

Ohne ein weiteres Wort ging Marta zurück ins Esszimmer, schob den GAU so für ein paar Stunden auf. Stirnrunzelnd sah er ihr nach. Manchmal hasste er sich selbst dafür, wie oft er in den hysterischen Ordnungsfimmel seiner Mutter verfiel. Als Kind hatte er Reißaus genommen, wenn sie ihm mit ihrer besessenen Putzteufelei auf den Leib rückte oder Loblieder auf einen Fleckenentferner sang. Aber seit er mit Marta zusammenlebte, schlug das mütterliche Erbe bei ihm voll durch, er tat alles dafür, dass die Küche makellos blitzte. Das Besteck musste effizient in die Spülmaschine eingeordnet werden, die Messer mit der Schneide nach unten, und die Tupperdosen kamen auf die höchste Ablage, damit sie sich in der Wärme nicht verzogen, alles Details, die ihm an diesem Abend noch wesentlich erschienen, Stunden später aber nur noch unwichtige Überbleibsel seiner Vergangenheit waren.

Als er alles eingeräumt hatte, kehrte auch Dani ins Esszimmer zurück und nahm Platz. Unter dem Tisch suchte er nach Martas Hand, um seine harsche Kritik in der Küche zu entschärfen. Zu seiner Überraschung zog sie sie nicht weg, sondern ergriff die seine und drückte sie fest. In diesem intimen Moment waren sie wie Kinder. Sie voll Angst. Er voll Arglosigkeit. Dani ahnte nicht, welch tiefere Bedeutung ihre Geste hatte. Auch das Flackern in ihren Augen vermochte er nicht zu deuten, als er Marta einen Blick von der Seite zuwarf. Überzeugt, dass es ihm eine zügellose Nacht verhieß, sobald sie allein wären, zwinkerte er ihr unmissverständlich zu.

Darauf verdrehte Marta bloß die Augen und ließ seine Hand los. Sie wandte sich der Unterhaltung zu. Es ging, wie so oft, um Politik. Auch Dani schaltete sich in die immer hitziger werdende Debatte ein, im Versuch, die Gemüter zu beruhigen. Er konnte es nicht ertragen, dass seine Freunde, die er für intelligente Menschen hielt, die Lügen der Politiker schluckten, sie sogar noch verteidigten. Die Polarisierung der Politik machte ihm zu schaffen. Inzwischen hatte die Debatte eine pessimistische Färbung angenommen, es war längst kein leidenschaftlicher Meinungsaustausch unter Freunden mehr, Provokation und Kränkung mischten sich in ihre Stimmen, ein endloser, immer aggressiverer Schlagabtausch, sodass die Stimmung zu kippen drohte. Um zu verhindern, dass sich am Ende alle in verschiedenen Schützengräben verschanzten, rief er laut, ob noch irgendwer Wein, Kaffee oder Tee wolle. Da sie ihm in ihrer Erregung jedoch keinerlei Beachtung schenkten, klopfte er schließlich mit dem Dessertlöffel gegen sein Glas, als hätte er etwas Wichtiges zu verkünden.

Jäh verstummten alle und schauten Dani erwartungsvoll an.

»In Mosambik gibt es einen Nationalpark, in dem immer mehr Elefanten, das heißt, vorrangig Elefantenkühe, ohne Stoßzähne geboren werden.«

Verdutzt starrten ihn seine Freunde an.

»Biologen halten das für eine genetische Evolution als Folge der jahrzehntelangen Wilderei. Während des Bürgerkriegs hat man mit dem Elfenbein Waffen gekauft, und die Kämpfer ernährten sich von dem Elefantenfleisch.«

Für einen Augenblick herrschte Stille – dann brandete empörtes Gelächter auf, sie pfiffen Dani aus, und er musste sich gegen einen gezielten Angriff mit Brotkrümeln und Weinkorken wehren.

»Komm uns jetzt nicht mit Elefanten, sondern bezieh Stellung!«, protestierten seine Freunde, aber die Kontroverse war erst einmal vom Tisch. Seine Botschaft war angekommen. An der Tafel kehrte Ruhe ein. Für einen Moment schienen alle nach einem Gesprächsthema zu suchen; Arcadi erkundigte sich, ob sie im Sommer etwas zusammen unternehmen würden, ihre gemeinsame Reise nach Korsika stehe noch aus, aber keiner reagierte darauf, es war schließlich erst Januar und draußen bitterkalt. Carles und Irene, frischgebackene Eltern, vernarrt und überängstlich, riefen den Babysitter an, um nachzufragen, ob ihre Kleine eingeschlafen war. Dani sah den Blick, den sich die beiden zuwarfen, sah, wie Carles seiner Frau kurz über den Oberschenkel strich. In ihren Gesten war ein Gleichklang spürbar. Die Macht ihrer Liebe, ihrer Verbundenheit? Er mochte die beiden; seit sie Eltern waren, verspürte er aber auch eine Art Neid. Nicht wegen des Kindes, das sie bekommen hatten, sondern weil die beiden sich dadurch kaum verändert hatten, obwohl allmählich das schwand, was sie alle früher unwiderstehlich gemacht hatte: das Unbekümmerte, die hohen Ideale, das enge Band zwischen ihnen allen, geknüpft durch die gemeinsam geschlagenen Schlachten, ihr Lachen, all die Codewörter, die nur sie verstanden, und womöglich auch ihre Jugend.

Dass sie sich alle zum gemeinsamen Abendessen trafen, war inzwischen beinahe eine Art Luxus geworden. Statt sich zu sehen, unterhielten sie eine WhatsApp-Gruppe, in der ihre Lebenszeichen zirkulierten, bestimmt vom Takt des Instant Messagings. Small Talk, Schnappschüsse, Emojis und Witze erhielten ihre Freundschaft virtuell am Leben. Ihre Verbindung war übers Handy mittlerweile sogar intensiver spürbar als bei ihren sporadischen Treffen zum Essen oder gemeinsamen Feiern. Ohne die Annehmlichkeit, ungefiltert seine Meinung sagen zu können, verflog der einstige Esprit der Gruppe von Angesicht zu Angesicht nun ziemlich schnell. Auch der Mut, einander zu beteuern, wie sehr man sich liebte und vermisste oder wie sehr einem die anderen gerade auf den Wecker gingen, war dann wie weggeblasen. Wenn sie endlich einmal zusammenkamen und nach dem Begrüßungsritual mit Umarmungen und Küssen rings um den skandinavischen Tisch saßen, stießen sie nach einer Weile auf einen unsichtbaren Vorhang der Ernüchterung und Enttäuschung einer

Gruppe von Freunden, deren Jugendträume einer nach dem anderen platzten.

Dani erlebte diese Wiedersehen stets mit gemischten Gefühlen. In der verzerrten Erinnerung an endlose, feierwütige Nächte sehnte er sie herbei, doch letztlich zogen sie ihn jedes Mal herunter; nicht nur, weil viele der gekauften Bierflaschen ungeöffnet blieben und keiner mehr kiffte, sondern vor allem, weil er bei jedem seiner Freunde mit fortschreitendem Alter kleine Veränderungen wahrnahm. Und das machte ihm Angst. Er fürchtete selbst die winzigste Veränderung in dieser Clique, in der sich die meisten schon seit der Uni kannten, denn für ihn bedeuteten seine Freunde Beständigkeit, ein solides Gerüst, das ihm Sicherheit verlieh. Dieses Gerüst war nun allerdings in die Jahre gekommen und knirschte und wackelte, weil manche der Freunde ihre Partner gewechselt hatten, Eltern geworden oder weggezogen waren. Das zwang Dani, sich neu zu positionieren. Dabei hatte er seine Freunde doch einstmals zu seiner Religion erhoben! Ja, er gab es zu, Veränderungen beunruhigten ihn. Und wie immer, wenn in seinem Leben etwas zu Ende ging, verspürte er einen nostalgischen Schmerz. Gleichzeitig ahnte er aber auch, dass sich ihr Freundeskreis nur noch von den alten Anekdoten nährte, selbst wenn Marta ihm ein ums andere Mal sagte, dass er übertreibe und dass in seiner Brust zwei Seelen wohnen würden, ein Woody Allen und die abstoßende Larve, die in ›Alien‹ aus dem Körper eines der Crewmitglieder quoll.

Trotz diesem bangen Unbehagen fühlte Dani sich an diesem Abend pudelwohl. Er brauchte seine Freunde einfach wie die Luft zum Atmen. Beim Abschied an der Tür das ewige Versprechen, sich von nun an wieder öfter zu sehen, die Wirkung des Weins, Lachen, all das war sein Sicherheitsnetz. Bei dem höllischen Tempo, in dem sich alles wandelte, kam er nicht mehr mit, und daher wollte, nein, musste er an dem Glauben festhalten, seine Freunde würden sich nicht verändern. Oder zumindest nicht so schnell. Deshalb sah er es ihnen gerne nach, dass das, was ihre Clique früher einmal ausgemacht hatte, allmählich verblasste. Er konnte ihnen sogar verzeihen, dass sie jetzt das abwerteten, was sie früher selbst sein wollten. Seine alten Freunde immer noch um sich zu haben, war ihm wichtiger, auch wenn er wusste, dass er sein Idealbild unverbrüchlicher Freundschaft damit verklärte. Im Grunde genommen wussten sie alle, dass der Job, der Alltag, das komplizierte Miteinander die einstigen Ideale hinweggefegt und in den Hintergrund verbannt hatte.

Dani sprach nie mit den anderen darüber, dass er ihre Freundschaft als perfekten Spiegel empfand, diese Blöße wollte er sich nicht geben, aber für ihn war es so, und daher verspürte er jedes Mal einen Stich, wenn er jemanden sagen hörte, Freundschaft sei vollkommen überbewertet. Erst zwei Tage vor dem Abendessen hatte er den Spruch wieder in der U-Bahn gehört. Die zwei jungen Frauen, die an der Plaça Espanya eingestiegen waren, kamen offenbar von einem Kongress. Stark geschminkt, mit hohen Absätzen und um den Hals baumelnden Bändern mit Namensschildern, hatten sie sich den ganzen Tag wohl ein Lächeln abringen müssen und waren entsprechend müde und erschöpft. *Du brauchst wirklich nicht auf ihn zu hören.*

Freundschaft wird vollkommen überbewertet. Und die andere hatte genickt. Sie waren an der nächsten Haltestelle ausgestiegen, doch der verdammte Satz war mal wieder in seinem Kopf haften geblieben. Tief in seinem Innern wusste Dani, dass da etwas dran war. Und dennoch: Die Fahne der Freundschaft hochhaltend waren er und seine Freunde schwitzend hinter einem Ball hergerannt, sie hatten unter lautem Gejohle, als stünde der Weltuntergang bevor, nachts im Meer gebadet, hatten bis zur Sperrstunde in Bars abgehangen und sich an so mancher Theke ihre Nöte gebeichtet. Sie waren zusammen verreist, hatten sich heftig gestritten und einander bei Trennungen, Umzügen und wann immer Not am Mann war einen Schlafplatz auf dem Sofa angeboten. Für Dani würde all das immer einen großen Wert behalten, denn er hatte inzwischen gelernt, dass mit zunehmendem Alter das, was einmal real war, zur Erinnerung wurde. Und dass er akzeptieren musste, dass Freunde in ihrer neuen Welt zu anderen Menschen wurden. Als er Melca kennenlernte, war sie noch die Schüchternheit und Zurückhaltung in Person, heute dagegen gab sie den Ton an. Und trotzdem: Als sie an diesem Donnerstagabend auf dem Weg zur Toilette ungeniert zu singen begann, hatte er sich gefragt, welche der beiden die wahre Melca war.

Als alle fort waren, räumte er die Küche auf, während Marta sich ihren allabendlichen Ritualen vor dem Schlafengehen widmete. Manchmal wäre er gern wieder der Mensch, der er vor diesem Abend war, er würde gern zu dem Moment zurückkehren, bevor er erfuhr, dass seine eigene Welt sich ändern würde. Wann immer er die Szene in Gedanken durchspielt, muss er an das britische Mädchen denken, das bei dem Tsunami in Thailand rund hundert Touristen das Leben rettete. Als sich das Wasser am Strand von Phuket zurückzog, wenige Minuten vor der riesigen, zerstörerischen Welle, warnte sie die Menschen lauthals vor dem nahenden Tsunami. Sie wusste, was da auf sie zukam, sie hatten es ein paar Wochen vorher in der Schule durchgenommen. An diesem Strand gab es keine Opfer, weil das Mädchen die Anzeichen zu deuten verstand.

Für Dani deutete an diesem Abend jedoch nichts auf die anbrandende Monsterwelle hin. Der Duft ihrer Nachtcreme, ihre eisigen Füße und der dösende alte Rufus auf Oma Juttas Teppichen wirkten ganz normal. Draußen hatte es wieder zu nieseln begonnen.

»Ich glaube, Marc geht es nicht sonderlich gut. Er hat ziemlich angeschlagen gewirkt. Und er hat enorm abgenommen. Ist dir das nicht auch aufgefallen?«

Gähnend winkte Dani ab. Er hatte keine Lust, den Abend mit einer Unterhaltung über Marc ausklingen zu lassen. Auch wenn es spät war und sie am nächsten Tag früh rausmussten, hegte er die Hoffnung, noch mit ihr zu schlafen, selbst wenn es nur ein schneller »Quickie« würde, wie Marta manchmal schelmisch bettelte und dabei seinen Bauchnabel liebkoste. Normalerweise waren ihm Anglizismen ja ein Gräuel, ein weiterer Beweis für den Verfall der menschlichen Spezies, aber bei dem Wort »Quickie« machte er gern eine Ausnahme.

»Das ist normal, Marta, immerhin waren die beiden ein halbes Leben lang zusammen. Wir gehen am Mittwoch wie immer ein Bier trinken, dann fühle ich ihm mal auf den Zahn.«

Alle scharfen Kanten lösten sich im schummrigen Licht des Schlafzimmers auf, das Kissen war kühl, die Füße angenehm müde.

»Mach dir keinen Kopf, Liebling. Er kommt schon drüber hinweg.«

Damit war das Thema für ihn abgehakt. Er drehte sich zu ihr, gab ihr einen Kuss auf die Schulter, schob die Hand unter ihren Pyjama. Die Wärme ihrer Haut. Die kleinen Gewohnheiten.

»War es das?«

»Was?«

»Was du mir vorhin in der Küche sagen wolltest.«

Marta setzte sich auf. Mit einer raschen, automatischen Bewegung zog sie sich ein Gummiband vom Handgelenk, schlang es um die Haare. Schüchtern blitzte der winzige tätowierte Stern hervor, während sich ihr Blick verfinsterte. Sie atmete tief ein.

»Ich bin schwanger. Und ich will das Kind nicht bekommen.«

ER

Er ist fünfeinhalb Jahre alt und hat einen Schokoladenbart. Sein Haar ist von der Augustsonne gebleicht. Schweiß perlt auf seinen Schläfen, als er so tief in die Hocke geht, dass sein Po fast die Fersen berührt. Im Lavendel um ihn herum brummen Hummeln, im Nalón murmelt das Wasser über die Kiesel. Dani atmet tief ein, hebt einen Zweig vom Boden auf und konzentriert sich auf den Ameisenhaufen, den er am Fluss entdeckt hat, nicht weit entfernt vom Haus seiner Oma.

Sie werden bis zum Schulbeginn im September in Tudela Veguín bleiben. Seine Oma macht ihm nachmittags ein mit Olivenöl beträufeltes Brot, darauf ein Riegel Schokolade, sie spielen »Mensch ärgere dich nicht«, und wenn es nicht regnet, baden sie im Fluss. Es gibt keinerlei Verbote. Die Äpfel der Bäume vor dem Haus, aus denen Sidra gemacht wird, sind gerade mal so groß wie seine Kinderhand.

Seine Mutter wirkt hier im Dorf viel gelöster. Die Oma und sie stecken den ganzen Tag die Köpfe zusammen und unterhalten sich, leise, sodass Dani nichts Genaues mitkriegt, aber da er hin und wieder ein paar Worte aufschnappt, ahnt er, dass es um die Zukunft geht. Seine Mutter ist eine junge, schöne Frau. Seit einiger Zeit ist in ihrem Blick jedoch etwas, das an die alte Frau in der Dorfmetzgerei erinnert, die immerzu schwarz gekleidet ist und ein zerknülltes Stofftaschentuch im Ärmelaufschlag trägt. Das mit seinem Vater und dem Krankenwagen ist lange her. Das war in einem anderen, früheren Leben. Dem Leben vor drei Monaten, als sein Vater ihn noch mit einem Glöckchen an sein Bett rief und ihn mit metallisch klingender Stimme um einen Kuss bat. »Kuss« konnte er noch sagen, »Wasser« nicht mehr. Wenn er Wasser wollte, musste er es aufschreiben. Man hatte ihm ein Loch in den Hals geschnitten. »Starr nicht so hin«, hatte seine Schwester Anna geschimpft, und er wollte es auch wirklich nicht tun, aber sein Blick wurde einfach magisch davon angezogen. Ein paar Wochen später hatte der Krankenwagen seinen Vater weggebracht. Er kam nie mehr zurück. Der Anblick eines Krankenwagens wird Dani zeit seines Lebens in Panik versetzen.

Nach kurzem Überlegen steckt Dani den Stock tief ins Ameisennest. Getrieben von einer Wut, die er an diesem Nachmittag zum ersten Mal spürt, beginnt er darin herumzustochern, rein, raus, rein, raus: In Windeseile kommen Hunderte von roten Ameisen an die Oberfläche, laufen orientierungslos in alle Richtungen auseinander, flüchten panisch vor dem mörderischen Riesen. Nach einer Weile stopft Dani sämtliche Luftlöcher des Hügels mit Erde zu, steht auf, klopft sich den Sand von seinen dünnen Kinderbeinchen und rennt seiner Familie nach, die vorausgegangen ist. Er springt von hinten an seiner Mutter hoch, klammert sich an ihren Rücken wie ein Affenbaby. Seine Oma neben ihr küsst ihn auf die Wange: »Da ist der süße Fratz ja wieder.«

Im Fluss rauscht das eiskalte, klare Wasser bergab. Auf einer kleinen Lichtung lassen sie sich an seinem Ufer nieder. Seine Oma und seine Mutter planschen mit den Füßen im Wasser und verursachen kleine Wellen. Anna wäscht das strohblonde Haar ihrer Puppe, die aussieht wie eine Meerjungfrau. Von einer Seite her neigen sich im Wind Schilfrohrbüschel über die drei, die wichtigsten Menschen in seinem Leben. Es ist nun seine Aufgabe, sie vor Gefahren zu bewahren. Sein Onkel Agustín hat ihn vor ein paar Tagen zum ersten Mal einen Schluck Sidra kosten lassen. Denn Dani ist jetzt der Mann im Haus. Seit sein Vater tot ist, sagt ihm das jeder. Er spürt, wie die Sonne auf seine Schultern brennt, und fühlt sich mit einem Mal unbesiegbar. Sein Blick fällt auf seine dreckigen Hände. Er ist fünfeinhalb Jahre alt und strotzt vor Kraft, Schmutz und Schweiß.

Von jenem Jahr an werden sie im Sommer immer nach Asturien fahren. Jede Widerrede ist zwecklos: Die Sommerferien verbringen sie im Dorf seiner Oma, bis Anna und er die Pubertät hinter sich haben. Seit seinem neunten Lebensjahr kommt auch sein Onkel Agustín für ein paar Wochen zu Besuch. Dani wird nie erfahren, dass dies auf Betreiben seiner Mutter geschieht. Damit wenigstens in den Ferien eine männliche Note in den Frauenhaushalt Einzug hält und der Junge all jene Dinge aufsaugt, die in der Erziehung traditionell an den Mann delegiert werden. Seine Mutter ist stolz auf ihren Bruder, der als Prüfer beim technischen Fahrzeugüberwachungsdienst in Oviedo arbeitet. Mit seinen ölverschmierten Händen ist er für sie der Inbegriff eines KFZ-Mechanikers, sie erlaubt ihm bei Tisch zu rauchen, und wenn er beim Fußballgucken lautstark flucht und den Schiedsrichter beschimpft, belässt sie es bei einer liebevollen Ermahnung.

In den Sommerwochen wechselt Onkel Agustín die Glühbirnen, isoliert Kabel und rasiert sich jeden Morgen. Und er pinkelt im Stehen neben Dani, der beim Zähneputzen immer wieder verstohlen auf Agustíns Penis blickt, dessen Größe ihn beeindruckt. Die Besuche des Onkels sind der Versuch seiner Mutter, ihr Leben als alleinstehende Mutter an das anderer Familien anzupassen. Sie ist im Laufe der Jahre zu einer Expertin für das geworden, »was sich gehört«. Dieses kulturelle Erbe, dieses »was sich gehört«, ist so tief verwurzelt, dass es sie nachts nicht schlafen lässt. Selbst mit angstlösenden Tranquilizern geht ihr die Bemerkung einer Kundin im Friseursalon nicht mehr aus dem Kopf, einer Psychiaterin, die ihr zu jedem Jahresbeginn Werbekalender einer Pharmafirma schenkt: *Hast du immer noch keinen neuen Mann? Ein Junge braucht einen Vater. Deine Tochter kann sich an dir ein Vorbild nehmen, aber bei Dani ist das etwas anderes. Es ist erwiesen, dass Jungen, die ohne Vater aufwachsen, in der Pubertät mehr Alkohol und Drogen konsumieren und häufiger mit dem Gesetz in Konflikt geraten. Ein neuer Mann würde den beiden wirklich guttun! Ah, und färb mir diesmal die Ponyfransen etwas heller.* Ein hellerer Pony stehe ihr bestimmt gut, hat sie freundlich erwidert, aber ihr Magen hat sich dabei verkrampft. Sie will keinen neuen Vater für ihre Kinder und klammert sich daher an die Hoffnung, dass Agustín weiß, wie Dani die Grundlagen von männlicher Tapferkeit und Mut zu vermitteln sind. Samstags soll er mit ihm zum Fußballplatz gehen, abends mit ihm einen Actionfilm nach dem anderen ansehen und ihn später in den Kreis der Männer einführen, die sich zum Kartenspielen in der Bar treffen und bei einem Cognac lachend in ihren Erinnerungen an alte Ausschweifungen schwelgen. Agustín soll Dani in jeder Hinsicht ein Vorbild sein, das Idealbild der Männlichkeit, das sie mit all diesen Aktivitäten verbindet. Was sie nicht bedenkt, ist, dass der Onkel seinen Neffen dabei auch ins Herz schließen wird. Als sie eines Tages auf einen Plausch vor der Scheune ihrer Nachbarn stehen bleiben, klettern Dani und Anna der Katze hinterher, die sie seit ein paar Tagen heimlich füttern. Dabei wird der Onkel ihn zum ersten Mal »mein Junge« nennen.

»Daniel, mein Junge, pass auf! Nicht dass du fällst. Komm lieber vom Heuboden runter.«

Und Dani? Er wird in seinen Kinder- und Jugendjahren bereitwillig auf seinen Onkel hören, mit ihm darüber streiten, ob Barça oder Sporting de Gijón die bessere Mannschaft ist, mit ihm bis zum Zementwerk um die Wette rennen und sich mit ihm im Armdrücken messen. Er will ihm gefallen, ihm nacheifern, ihn bewundern, so wie das alle Söhne tun. Sein Onkel wird ihm zeigen, wie man sich rasiert und wie man Auto fährt, und als Dani sich mit fünfzehn für Mädchen zu interessieren beginnt und eine klatschsüchtige Nachbarin herumtratscht, sie habe ihn beim Knutschen erwischt, wird Agustín mit ihm, wieder auf Bitte der Mutter hin, über Dinge reden, die für Dani längst nicht mehr neu sind: morgendliche Erektionen, Verhütungsmittel, männliche Verantwortung, ungewollte Schwangerschaften. Dani werden diese Gespräche höchst peinlich sein, so wie jedem Jugendlichen wäre es auch ihm lieber, seine aufkeimende Sexualität und seine jugendliche Verwirrung blieben im Verborgenen. Und dann, eines Tages nach dem Duschen, wird er beim Blick in den Spiegel feststellen, dass seine sich verändernde Statur und die Gesichtszüge mit dem sprießenden Flaum über der Oberlippe immer stärker an seinen echten Vater erinnern, den Mann auf den verblassten Fotografien. An diesem Tag wird er stolz sein. Und ein unbändiges Bedürfnis nach dessen Nähe spüren, was notgedrungen unbefriedigt bleiben muss, weshalb er zugleich den Impuls verspürt, zu seinem Onkel zu gehen und ihn anzuschreien, er solle ihn nie wieder »mein Junge« nennen, er sei nicht sein Vater, nur sein leiblicher Vater hätte dieses Recht. Er wird diesen Drang unterdrücken, weil er Agustín nicht wehtun will, doch schwört er sich an diesem Tag, dass er, sollte er je einen Sohn bekommen, immer für ihn da sein wird. Dass er nie krank werden wird. Und erst recht nicht sterben.

Aber erst mal liegen noch viele Jahre Freiheit vor ihm. Er wird sie in vollen Zügen genießen und seinen Schwur ebenso vergessen wie die Einsamkeit seiner Kindheit, in der es für ihn nur seine Mutter, seine Oma, seine Schwester und die Kundinnen im Friseursalon gab, wo er viele lange Nachmittage mit Comics die Zeit totschlug, bis seine Mutter mit der Arbeit fertig war. In den ersten Jahren seiner Freiheit wird er alle erdenklichen Facetten seiner Persönlichkeit ausleben. Er wird der fleißige Student sein, der Witzbold, der Filmfanatiker, der Freund, der für seine Kumpels immer ein offenes Ohr hat, der Schluckspecht, der oft ein Glas zu viel trinkt. Auch der Stubenhocker kommt zum Vorschein, der samstagabends lieber zu Hause bleibt, der Bruder, der seiner Schwester nicht gesteht, wie schrecklich er sie vermissen wird, als sie zum Studieren ins Ausland geht, der gute Freund, der für seine abgebrannten Kumpels die letzten Kröten zusammenkratzt, und der Hallodri, der nie um eine Ausrede verlegen ist, damit das Mädchen, neben dem er am Morgen im Bett aufwacht, schleunigst verschwindet. Er wird entdecken, dass er gern allein verreist und Formentera für ihn im August die Hölle ist, und doch lässt er sich immer wieder von seinen Freunden breitschlagen, sich ihnen anzuschließen. Und in der Rückschau erscheinen ihm das Viertel seiner Kindheit und sein altes Zimmer unendlich weit weg.

Die neugierigen, enthusiastischen Jahre rauschen nur so an ihm vorbei, Studium, erste Jobs, Frauen. Im Laufe der Zeit vergeht allmählich das Hochgefühl und in seinem Leben nistet sich, wie bei allen anderen auch, eine gewisse Tristesse ein. Still wird er weiter auf Zelluloid nach Vaterfiguren suchen, und als sein Leben in ruhigeres Fahrwasser kommt, wird es dann in seinen eigenen Drehbüchern Väter geben, die ihre Familien verlassen, Väter, die sterben, Väter, die nicht da sind, aus welchem Grund auch immer. Er kann es nicht genau beschreiben, doch es geht immer um das Gefühl der Verlassenheit.

Das Drama, seinen Vater und damit eine normale Kindheit verloren zu haben, wird zum zentralen Thema eines Drehbuchs, das er zu schreiben beginnt, aber nie beenden wird. Stattdessen wird aus ihm ein recht erfolgreicher TV-Comedy-Autor, der andere zum Lachen bringt, während er in seinem Inneren etwas Gespenstisches mit sich herumträgt, auf das er keinen Zugriff hat.

FREITAG

8. WOCHE

3

Die U-Bahn ist rappelvoll. Zur Stoßzeit drängen sich in den Wagen, wie in von der Realität losgelösten Kapseln, dicht an dicht Menschen, die einzig der Wunsch nach etwas Privatsphäre eint. Sie versuchen sich abzuschotten, indem sie auf ihren Handys herumtippen oder sich hinter einem Buch verschanzen. Sobald sie aussteigen, erwartet sie wieder ihr hektisches Leben, doch während der Fahrt legt es zwangsläufig eine Verschnaufpause ein.

Als sich der Zug in Bewegung setzt, spürt Dani, wie nervlich angespannt er ist. Sein Puls rast, in seinem Magen grummelt es. So geht es ihm immer, wenn er sich mit etwas Unerwartetem konfrontiert sieht, und er ahnt, dass das, was auf ihn zukommt, ganz schön vertrackt ist. Während der Zug beschleunigt, steckt er, selbst zur Bewegungslosigkeit verdammt, seine Kopfhörer in die Ohren und macht am Handy die Musik lauter, bis er nichts anderes mehr hört als Happy Punk, in der Hoffnung, dass die kraftvollen Powerchords die Gedanken verscheuchen, die gestern Nacht von ihm Besitz ergriffen haben und von Stunde zu Stunde mehr Raum einnehmen. Seine Beklemmung wächst und gewinnt immer neue Facetten.

Dani weiß es noch nicht, aber eines Tages wird er sich fragen, was er mehr bereut: das Leben, das er geführt hat, oder dass er ein anderes dafür aufgegeben hat. Er wird keine Antwort darauf finden. Reduziert auf eine simple Entscheidungsfrage zwischen diesen beiden Polen geht es um den ewigen Zweifel, was der Sinn des Lebens ist. Sicher, man könnte die gleiche Frage auch positiver formulieren und überlegen, ob das Leben, das man geführt hat, einen größeren Wert besitzt als das, was man ursprünglich führen wollte. Man muss dazu nur das Verb ändern, und er weiß, dass Sprache die Macht hat, die Wahrnehmung zu verändern oder der Realität zumindest vorübergehend einen neuen Anstrich zu verleihen. Er aber geht einfach stets vom Schlimmsten aus, ein simpler Abwehrmechanismus. Jemand wie er wird sich daher eher fragen, was er bereut. Weil »bereuen« immer schon die Niederlage impliziert.

Im Moment jedoch lebt er noch ganz in der Gegenwart. Einer lärmenden Gegenwart, in der es Sexroboter gibt, Nanomedizin, atomare Bedrohungen, Graffiti an den Wänden, unterbezahlte oder unbezahlte Praktikanten; es gibt Foursquare, Twitter, Instagram, Facebook, Tinder, politische Gefangene, Veganer, Smart-Home-Techniker, Migrationsströme, Grenzmauern, Grenzgewässer, in den Fluten treibende Schiffbrüchige, Drohnen und Biohacker; es gibt Feminismus, Kryokonservierung, Zwangsräumungen, Elektroroller, Halbliterbecher von Häagen-Dazs in der Geschmacksrichtung »Belgische Schokolade«, Taxistreiks, Cybercrime-Anwälte, Demonstrationen, Coworking Spaces, geklonte Tiere und Leihmutterschaften;

es gibt alternative Weihnachten, Männlichkeitsideale im Wandel, Community Manager, Anschläge mit chemischen Waffen, Fitnessstudios, einen Geburtenüberschuss und das Protokoll von Kyoto. Es ist eine ohrenbetäubende Gegenwart, in der das Schweigen offenkundig in einer Krise steckt. Das ist die Gegenwart, in der Marta und er leben, so wie all die anderen Menschen, eine Gegenwart, in der alles seinen Platz sucht und ihn entweder findet oder unterwegs verloren geht und verdrängt wird, bis es nur noch Erinnerung ist.

Normalerweise beobachtet Dani in der U-Bahn die Menschen um sich herum und macht sich Notizen für seine Drehbücher. Doch heute hat er das Gefühl zu ersticken. Er ist von allem genervt, vom Mann neben ihm, dessen Trenchcoatärmel ihn jedes Mal streift, wenn er die Zeitungsseite umblättert, vom Wurstbrötchengeruch eines auf dem Boden sitzenden Teenagers, der nebenher telefoniert, selbst vom gelblichen Licht im Inneren des Wagens. Martas Worte liegen ihm schwer im Magen, und die durchwachte Nacht hat schwarze Schatten unter seine Augen gegraben. Das, wozu es nach Martas kategorischen Worten nicht kommen wird, gewinnt in Dani eine groteske Realität. Wie besessen kreisen seine Gedanken um das Wie und Wann. Als er merkt, wie wenig er gegen diese gewaltige Flut ausrichten kann, die ihn wegzuspülen droht, macht er die Musik noch lauter, um alles zu ersticken, was diesem diffusen Chaos Nahrung gibt. Aber lässt sich eine mögliche Zukunft einfach in Luft auflösen? Kann man das Drehbuch des Lebens umschreiben? Lautstarke Musik hilft da nicht weiter, ebenso wenig wie der

Kurs für Kreatives Schreiben, den er um neun Uhr geben soll.

Dani braucht Abstand. Abstand, um die Szene der letzten Nacht in verstehbare Einheiten zerlegen zu können. Martas Worte sind wie Teile eines Puzzles, das sich nicht zu einem vollständigen Bild zusammenfügen will. Vielleicht sollte er den Vormittag freinehmen. Dafür müsste er allerdings in der Schreibschule anrufen, in der er an ein paar Tagen pro Woche unterrichtet. Er könnte eine Grippe oder einen Todesfall in der Familie vorschieben. Er, der sonst vor Ideen nur so sprudelt, ist mit einem Mal um eine Ausrede verlegen, mit der er sein Fehlen rechtfertigen könnte. Er braucht diese zusätzlichen Kurse, um am Ende des Monats ein vernünftiges Einkommen zu haben, weil er sich mit seiner Arbeit als Drehbuchautor für Fernsehserien über die Miete und die Fixkosten hinaus keine großen Sprünge erlauben kann. Was irgendwann einmal als kurzfristige Notlösung begonnen hat, ist längst zu einem bescheidenen zweiten Standbein geworden. Schon seit er als Teenager auf eine PlayStation gespart hat, muss er sich mal hier, mal dort ein paar Euro dazuverdienen. Dass er immer älter wird, spiegelt sich weder in seinem beruflichen Fortkommen wider noch in stabilen Verhältnissen, auf die er noch vor gar nicht so langer Zeit gehofft hat. Inzwischen glaubt er nicht mehr an Stabilität. Die Realität hat ihn gelehrt, die Dinge so zu nehmen, wie sie kommen.

Bis zu diesem Tag hat er noch nie blaugemacht, obwohl ihm oft danach gewesen ist. Aber heute Morgen ist es anders, er selbst ist anders, und wenn er Manns genug war,

Marta zu schwängern, sollte ihm wohl auch eine so simple Lüge über die Lippen kommen. Trotzdem ruft er nicht an, sondern schreibt der Schule lieber eine WhatsApp. Feigling, tadelt er sich selbst und denkt im gleichen Augenblick, wie dumm es ist, sich selbst niederzumachen. Doch als er tippt: *Ich muss den Unterricht heute leider aus persönlichen Gründen ausfallen lassen*, spürt er einen Stich im Herzen, weil in diesen Worten so viel Wahrheit steckt.

Er schickt die Nachricht ab – und erhält im gleichen Moment eine WhatsApp von Marta, die im Nu das dramatische Szenario zum Einsturz bringt, das er sich gerade aufgebaut hat: *Ich habe Laura getroffen. Sie hat Karten für das Konzert am Samstag. Kommst du mit? Ich gehe auf jeden Fall hin!* Das Zwinker-Emoji am Ende der Nachricht streckt ihm die Zunge heraus. Er betrachtet es eingehend. Die Zeichen der Bildersprache stehen für eine gewisse Bedeutung und ein Gefühl. Und dieses kleine gelbe Gesicht versinnbildlicht eindeutig etwas Wichtiges, universell Verständliches. Es ist alles in Ordnung, scheint es zu sagen, zwischen uns hat sich nichts verändert, das Leben geht weiter seinen gewohnten Gang. Konzert. Musik. Ein paar Drinks. Ein entspanntes Wochenende.

Die Band, die am Samstag spielt, ödet ihn leider an. Liegt es an den Songs, die seine Sinne einfach nicht ansprechen? An der näselnden Stimme des Sängers? Er weiß es nicht. Aber er toleriert ihre Musik in der gemeinsamen Wohnung, weil Marta sie toll findet. Und weil er Marta im Slip und mit türkis lackierten Zehennägeln dazu hat tanzen sehen. Er hat sie halblaut die Lieder der Band singen hören, die von brüchiger Liebe und alles heilenden Sommern erzählen, und Martas sinnliche Koketterie, die klimpernden Armbänder an ihrem Handgelenk und der Anblick ihrer runden Brüste haben ihn dahinschmelzen lassen. Er duldet die Musik der vier bärtigen Langweiler, weil sie ein Ariadnefaden ist, an dem er, wenn er zu ersticken droht, nur zu ziehen braucht, um in das geruhsame, schöne Leben zurückzukehren, ein Faden, der ihn an Marta bindet. Und als jetzt der Name der Band auf seinem Handydisplay erscheint, während die U-Bahn im Tunnel immer langsamer wird und schließlich in der Station zum Stehen kommt, erteilt er den vier Jungs endgültig die Absolution, weil sie unversehens dem qualvollen Schockzustand ein Ende bereitet haben, in dem er seit gestern Abend gefangen ist, als Marta ihn mit ihrer resoluten Entscheidung aufgeschreckt hat und ihm klar geworden ist, dass sich damit alles ändert.

Völlig benommen hatte er im Bett nur eine Frage herausgebracht.

»Geht es dir gut?«

»Ja, Dani, aber ich bin todmüde. Lass uns morgen in Ruhe darüber reden.«

»Verdammt! Marta! Und was jetzt??«

»Morgen, Dani. Bitte.«

In den zwei Jahren, in denen sie nun schon zusammen sind, haben beide gelernt, den Tonfall des anderen zu deuten. Martas Worte ließen eine tickende Zeitbombe erahnen, sodass er klein beigab und ihr eine Gute Nacht wünschte, als könnte ihm dies die kindliche Hoffnung erfüllen, am nächsten Morgen die Augen aufzuschlagen und festzustellen, dass es nur ein Traum gewesen war. Sobald die Lichter aus waren, setzte sich das Gedankenkarussell dennoch unerbittlich in Gang. Er sehnte sich nach Kontrolle, wollte alle Optionen genau durchdenken; vielleicht waren sich Marta und er darin am ähnlichsten. Ein Kind bringt jede Menge Variablen mit sich, dachte er. Den Rest der Nacht machte er kein Auge zu.

Auf dem Bahnsteig holt er jetzt tief Luft und versucht, sich selbst zu überzeugen, dass alles in Ordnung kommt. Nichts wird so heiß gegessen, wie es gekocht wird. Das Konzert, am Samstag. *Ja, ich komme mit!*

Während sich die Menge im kreisrunden Vorraum, der die Metrostation Plaça de Catalunya mit den Ausgängen Pelai und Canaletes verbindet, in alle Richtungen zerstreut, erregt die Stimme eines Mannes, der mit Gitarre und Mundharmonika ›Simple Twist of Fate‹ spielt, Danis Aufmerksamkeit. Er bleibt stehen und hört ihm einen Moment lang zu. Gern würde er glauben, dass dieses Lied nur Zufall ist, Ironie des Schicksals. Aber für jemanden, der mit Geschichtenschreiben seinen Lebensunterhalt verdient, ist Zufall stets etwas Konkretes. Das Lied ist für Dani also alles andere als Zufall. Als er ein paar Euro in den offenen Gitarrenkoffer wirft, begegnet er dem dankbaren Blick des Sängers. Unter der speckigen Weltenbummlerpatina verbirgt sich ein verhinderter Künstler, der sich inzwischen mit Metrotunneln als Bühne und einem flüchtigen Publikum aus in Gedanken versunkenen Passanten begnügt. Dani fragt sich, warum der Musiker hier gelandet ist. Und warum er selbst gerade jetzt hier vorbeigekommen ist. *A simple twist of fate.* Mit einem Mal ist die Musik kein bloßer Klangteppich mehr und Dani wird klar, was er schon seit gestern Abend ahnt: Er kann es nicht länger verdrängen. Von nun an wird sich alles um Martas Worte drehen: *Ich bin schwanger. Und ich will das Kind nicht bekommen.* Das werden fortan die Koordinaten sein, an denen sich sein Leben ausrichtet.

SONNTAG

8. WOCHE

4

»Kaffee?«

Marta hebt die Espressokanne hoch, als sie Dani schlaftrunken in die Küche schlurfen sieht. Ihm sei kalt, brummt er und setzt sich an den Tisch, bemüht, der Frau, die er liebt, nicht auf den Bauch zu schauen. Seit Freitagmorgen hat er sie nur von der Taille an aufwärts betrachtet.

Barfuß wie immer wirbelt sie flink durch die wenige Quadratmeter große Küche. Durch das Fenster dringen trübes Licht und die Geräusche der Nachbarn herein, die nach und nach erwachen. Monotones, alltägliches Rauschen von Toilettenspülungen, das Zischen von Kaffeemaschinen, der Wasserstrahl einer Dusche. In dem Gebäude wohnt ein kunterbunt zusammengewürfelter Haufen verschiedenster Herkunft, vor allem Pakistaner, Filipinos und Marokkaner, aber auch Italiener, wie die drei von der WG auf ihrer Etage. Viele hat es aus anderen Ländern ins Poble Sec verschlagen, doch es sind auch junge Leute wie sie selbst darunter, die aus Barcelonas zentraler gelegenen Vierteln hergezogen sind. *Finca règia,* »herrschaftlicher Altbau«, hatte es in der Annonce geheißen. Das Gebäude ist nicht sehr pompös, am Eingang liegt kein roter Teppich, aber es stammt aus dem Jahr 1910 und die Pförtnerloge hat eine wunderschöne Kassettendecke.

Das Prunkstück ist der noch original erhaltene Aufzug aus edlem Holz mit seinem detailreich verzierten schmiedeeisernen Rautengitter und der Schalttafel aus Bronze, deren Knöpfe die Stockwerke anzeigen. Ansonsten dient das Attribut *»règia«* allenfalls dazu, zu verschleiern, dass das Haus schon ziemlich runtergekommen ist. Aber als sie vor knapp einem Jahr nach einer Wohnung suchten, waren sie noch trunken vor Glück, sich gefunden zu haben, und wahrscheinlich hatte der Zauber, der jedem Anfang innewohnt, gepaart mit der betrügerischen Schönheit der Pförtnerloge, sie dazu gebracht, dem Immobilienmakler voller Überzeugung zuzusagen.

Und nun wohnen sie im dritten Stock rechts. Eines der unzähligen jungen Paare in der Stadt.

Marta küsst Dani auf die Wange und streicht ihm über die Haare. Er reagiert nicht, sondern scrollt nur achtlos durch die Feeds auf seinem Handy. Er spürt die Schläfrigkeit eines unverplanten winterlichen Sonntagmorgens, und durch die gestrigen Drinks hat er zudem einen pappigen Geschmack im Mund.

»Willst du nun Kaffee oder nicht?«

Marta bemüht sich, ganz natürlich, ja sogar gut gelaunt zu klingen, aber es fällt ihr schwer, jetzt, da sie beide wissen, dass sie nicht mehr allein sind.

In einer eigenartigen Stimmlage, die ihm fremd ist, sprudelt es aus ihr hervor, dass sie beim Bäcker gewesen sei und ihm eine mit Engelshaar gefüllte Ensaimada mitgebracht habe. Und auf dem Rückweg habe ihr die Nachbarin aus dem vierten Stock berichtet, dass bei der Eigentümerversammlung in der letzten Woche die Renovierung der Rohrleitungen auf der Rückseite des Gebäudes, zum Innenhof hin, beschlossen worden sei. Gedankenverloren pult Dani etwas köstliche Füllung aus der Ensaimada und steckt sie in den Mund. Die angenehme Süße auf der Zungenspitze lässt ihn langsam wach werden, sodass er allmählich auch Martas Worten folgen kann. Ihre Stimme ist heiser vom Konzert am gestrigen Abend.

»Ein Glück, dass uns die Wohnung nicht gehört«, sagt sie gerade zufrieden, »wäre echt heftig, wenn wir jetzt dafür das Geld aufbringen müssten.«

»Ja, wir haben eh schon genug Probleme.«

Der Satz ist ihm entschlüpft wie ein glitschiger Fisch, noch bevor er sich auf die Zunge beißen konnte. Betreten senken beide die Augen. Er fühlt sich schlecht. Es tut ihm leid, was er gerade gesagt hat. Bis zu diesem Moment hatte er »die Sache« noch nicht bewertet. »Problem« ist ihm spontan über die Lippen gekommen. Er hat das Gefühl, dass es ihm helfen könnte, wenn er die chaotischen Gedankenspiralen, die ihn in den letzten zwei Tagen auf Trab gehalten haben, irgendwie auf den Punkt bringt. Aber »Problem« trifft es noch nicht, es kratzt nur daran, wie ein beginnender Kopfschmerz.

»Der Termin ist am Mittwoch.«

Er blickt zu ihr auf. Jetzt ist er ganz präsent, sie hat seine volle Aufmerksamkeit. Er nickt. Doch ebenso gut hätte er den Kopf schütteln können. Er fühlt sich völlig fehl am Platz, zu keinem logischen Gedanken fähig, wie betäubt. Gut, dass ich es nicht an mich herankommen lasse, schießt ihm durch den Sinn. Darauf wird es bis Mittwoch ankommen. Ja, er muss Distanz wahren, um über die glühenden

Kohlen der nächsten Tage laufen zu können, ohne sich zu verbrennen. Er muss sich dahinter verschanzen, bis Martas Worte vom Donnerstagabend der Vergangenheit angehören.

Als er ihr sagt, dass er es sicher einrichten kann, sie am Mittwoch zu begleiten, ist ihm nicht bewusst, dass sein Vorschlag anders klingt, als wenn es um einen Zahnarzttermin oder irgendeine unangenehme Bankangelegenheit geht. Er weiß nicht, dass man in so einem Fall nicht wie die Katze um den heißen Brei schleichen und einfach abwarten kann, bis sich alles von selbst erledigt hat. Das geht ihm erst auf, als sie antwortet, das sei nicht nötig, es werde nicht lange dauern und sie mache das lieber allein. Allein, ohne ihn, wird sie das, was geschehen ist, am Mittwoch ungeschehen machen. Bei dem Gedanken daran wird ihm erneut mulmig, er wünscht sich nichts sehnlicher, als dass die Stunden und Tage bis dahin schnell vergehen und sich dann alles zwischen ihnen wieder einrenkt – und im selben Moment stößt er mit dem Ellbogen versehentlich gegen die Zuckerdose. Sie fällt vom Tisch und zerspringt auf dem Boden in tausend Scherben. Instinktiv packt er Rufus am Halsband, der sich neugierig nähern will. Ein Heer weißer Kristalle breitet sich in der ganzen Küche aus. In den tiefsten Ritzen werden nun für alle Zeiten Zuckerkörnchen und Glassplitter liegen. Fallende Süße und schneidendes Glas.

Erst wenige Stunden zuvor haben sie noch im »Razzmatazz« getanzt, wo blaue und lilafarbene Scheinwerfer das begeisterte Publikum in buntes Licht tauchten. Verstohlen beobachtete er Marta während des ganzen Konzerts, als wäre sie eine ihm unbekannte Frau, eine andere Person, der er von nun an mehr Aufmerksamkeit widmen müsste. Es schien ihr gut zu gehen, sie wirkte genauso wie immer, und zugleich war sie irgendwie anders: Sie streckte die Hände nach oben, wippte im Rhythmus des Basses mit dem Kopf, sang alle Texte mit; sie machte mit ihrem Handy Fotos, umarmte ihre Freundinnen, lachte mit ihnen, band sich das Haar zusammen, löste es wieder und jubelte den Musikern bei jedem neuen Lied zu. Lachend strich sie sich den Pony aus dem Gesicht, trommelte mit den Händen in die Luft wie der Drummer, packte Danis Hand, ließ sie wieder los, hüpfte herum, wischte sich den Schweiß aus dem Nacken, pfiff auf den Fingern, schloss die Augen, schlug sie wieder auf, wobei sie blitzten, trank immer mal wieder einen Schluck Bier und flüsterte ihm zwischendurch etwas ins Ohr, das er nicht verstand. *Was? Was sagst du?* Ihm war, als könnte Marta ihm jetzt nur noch bedeutsame Dinge sagen … und er konnte sie bei dem Krach nicht verstehen. Die Band, deretwegen er Marta nicht hörte, ging ihm immer mehr auf den Geist. *Was? Was sagst du?* Keine Chance. Die Musik übertönte alles. Und sie lachte und tanzte und sang. Sanfte Einführung ins Chaos.

»Verdammt, Dani, das war meine Lieblingszuckerdose.«

Für einige Minuten herrscht in der Küche helle Aufregung: Hund, Mann, Frau, Besen, Glas, Zucker, *pass auf, zieh dir lieber Hausschuhe an, sonst schneidest du dich,* Durcheinander. Als sie alles zusammengefegt haben, kehrt in die Küche wieder Ruhe ein.

»Ich mach noch mal Kaffee. Der andere ist kalt, der schmeckt nicht mehr.«

Marta und Dani setzen sich wieder an den Tisch. Ein Nachbar hört Reggaeton. Die gerappten Verse mit den sexuellen Anspielungen betonen überdeutlich ihr Schweigen.

Beide wissen nicht, wie sie das Thema anschneiden sollen. Es gibt Situationen im Leben, auf die man sich nicht vorbereiten kann. Der Vorhang geht auf, und man muss aus dem Stegreif ohne vorgegebenen Rhythmus, ohne Melodie eine Jam-Session improvisieren. Stammelnd beginnt Dani sie nach Einzelheiten über den kommenden Mittwoch zu fragen, wie lange es dauern wird, wo sie den Termin hat und wie so was überhaupt vonstattengeht. Marta erklärt es ihm in ein paar Sätzen, was ihn in höchste Verlegenheit bringt, denn bei dem Vokabular, das sie verwendet, überkommt ihn ein geradezu kindliches Schamgefühl. Mit einem Mal ist Dani wieder elf, in seiner Klasse hängt an der Tafel ein Schaubild der weiblichen und männlichen Geschlechtsorgane, und die Lehrerin steckt wie jedes Jahr in der verzwickten Situation, einem Haufen vorlauter Teenager ein Thema zu vermitteln, von dem alle behaupten, sie wüssten längst Bescheid, in Wahrheit aber nicht den leisesten Schimmer haben. Alles Gynäkologische gehört zur Sprache der Frauen, zu einer mysteriösen Heimlichtuerei um Schmerzen und Blutungen, bei der Männer schon immer außen vor waren. All dies hat Dani auch nie sonderlich interessiert, von den äußeren Geschlechtsmerkmalen einmal abgesehen, jenen weiblichen Körperteilen, die er begehrt, liebkost und leckt.

Und nun zwingt ihn Marta mit ihrem Vortrag unvermittelt zu einem Einblick in deren Anatomie, beraubt damit sämtliche Körperteile, die ihm so viel Lust bereitet haben, ihrer erregenden Sinnlichkeit. Ja, er fühlt sich beschämt und konfus. Es ist ihm peinlich, sich so abrupt mit der Frauenheilkunde konfrontiert zu sehen, und weil er nicht weiß, wie er mit seiner Scham umgehen soll, verschanzt er sich hinter einer coolen Fassade, rückt scheinbar gelassen seine Brille zurecht – während sein Baumwollpyjama unter den Achseln feucht wird vom kalten Schweiß.

»Verdammt, Marta, was soll ich dazu sagen? Das war für uns bisher noch nie ein Thema. Kinder zu kriegen, meine ich. Jedenfalls nicht ernsthaft.«

»Da hast du recht.« Sie blinzelt kurz, knabbert geistesabwesend ein Stückchen Haut von einem Fingernagel. Dann schaut sie auf, als wäre ihr plötzlich klar geworden, was sie selbst verwirrt.

»Nein, natürlich haben wir noch nie darüber gesprochen. Für uns ist das doch noch viel zu früh. Und sooo gut kennen wir uns ja auch noch nicht, oder? Obwohl, vielleicht ja doch, verdammt, Dani, ich weiß auch nicht, jedenfalls ist jetzt nicht der richtige Zeitpunkt dafür. Das ist mir gerade einfach eine Nummer zu groß. Und es hat momentan absolut keine Priorität in meinem Leben. Ich habe noch so viel anderes vor, wie du weißt. Ich will endlich ein bisschen Stabilität finden! Mein berufliches Leben ist doch noch der reinste Drahtseilakt.«

Marta befeuchtet ihren Zeigefinger, tupft den Puderzucker der Ensaimada von seinem Teller auf, steckt ihn in den Mund. Sie ist nervös, ihre dunklen Augen weichen seinem Blick aus.

Eigentlich hätte sie gern mit ihm über ihren Wunsch nach Unabhängigkeit geredet, über Autonomie und Freiheit, über all die Ideen, die sie in ihrem Leben unbedingt umsetzen will und über die sie intensiv nachgedacht hat, von denen sie allen schon erzählt hat, Dani eingeschlossen. Sie ist felsenfest davon überzeugt, dass Kinder nicht die einzige Möglichkeit sind, der Welt etwas Wertvolles zu hinterlassen. Sie beginnt ihm zu erklären, wie groß ihr schöpferischer Drang ist. Ähnlich groß wie für andere ein Kinderwunsch. Und dass ihr das vielleicht im Leben reicht. Mit all ihrer Begeisterung will sie ihm vermitteln, wie viel es für sie bedeutet, ganz sie selbst zu sein, zu diesem Lebensimpuls zu stehen, aber sie merkt selbst, wie sie dabei ins Stocken gerät und ihre Worte zu aneinandergereihten Phrasen verkommen. Beim Versuch, etwas laut zu erklären, schwächt Sprache die inneren Überzeugungen ab, setzt dem Ausdruck unserer Gefühle Grenzen. Trotzdem unternimmt Marta noch einen letzten Anlauf.

»Ich will unterrichten, andere Menschen inspirieren, wenn du so willst. Ich erlaube mir kein Urteil darüber, ob es gut oder schlecht ist, Kinder zu bekommen. Es gibt dabei kein Richtig oder Falsch. Ich glaube einfach nur, dass das im Moment nichts für mich ist. Und du? Hast du dir schon mal Gedanken darüber gemacht?«

»Ach was, nein.« Dani lehnt sich zurück. »Höchstens flüchtig, so wie man aus einer Laune raus überlegt, ob man sich irgendwann mal einen BMW zulegt. Nein, so richtig ernsthaft habe ich darüber noch nie nachgedacht. Mit Kindern ist es, denke ich, nicht viel anders als mit der Rente. Man befasst sich erst wirklich damit, wenn es so weit ist.«

Dani weiß es noch nicht, aber etwas setzt in ihm gerade das Räderwerk der Erinnerung in Gang, und so entspricht das, was er sagt, nicht ganz der Wahrheit. Der jugendliche Schwur, ein eigenes Kind niemals im Stich zu lassen, regt sich, sucht einen Weg in sein Bewusstsein.

»Ja, vermutlich. Was für ein Mist, Dani, dass uns das zur Unzeit passiert. Was für eine Scheiße.«

Dani runzelt die Stirn.

»Jetzt mach aber mal halblang, Marta, wir reden hier doch nicht über einen kaputten Boiler. Mit Anfang, Mitte dreißig ist man dafür weder zu jung noch zu alt. Du sagst, es sei nicht der richtige Zeitpunkt, aber ich denke … wenn es überhaupt jemals einen guten Moment dafür gibt, dann jetzt. Ich meine, wir sind an dem Punkt, an dem es zwischen uns ernst werden sollte. Finde ich zumindest.«

Marta setzt sich aufrecht hin und streicht sich die Haare hinter die Ohren.

»Ich für meinen Teil muss mich erst noch daran gewöhnen, dass ich inzwischen dreißig bin, Dani. Und, ehrlich gesagt, solltest du dir so einen Ton sparen.«

»Entschuldige, aber mit dreißig ist man auch kein kleines Mädchen mehr. Wenn man in unserem Alter und in unserer Lebenssituation keine Kinder will – und ich rede nicht von diesem im Besonderen, sondern vom Kinderkriegen in Allgemeinen –, dann steckt dahinter unbestreitbar eine gehörige Portion Egoismus.«

»Egoismus? Echt jetzt?«, braust sie auf. Die Espressokanne beginnt zu gluckern. Marta springt von ihrem Stuhl auf, um den Herd abzustellen, und dreht sich dann zu ihm um. »Egoistisch wäre es, das Kind zu bekommen, nur damit der Herr sich nicht egoistisch fühlen muss.«

»Verdammt, Marta, jetzt geh nicht gleich an die Decke. Ich meine …«

»Du meinst, dass du dich erst mit einem Kind so richtig vollständig fühlst«, fällt sie ihm ins Wort.

Sie gießt ihm dampfenden Kaffee in die Tasse, schiebt ihm die Packung Zucker hin.

Dani schüttelt vehement den Kopf. Nein, erklärt er, ihm gehe es vielmehr um den Mut, sich auf ein unwiderrufliches Lebensprojekt einzulassen und ihren scheinbar ach so glücklichen Lebensentwurf, in dem nie etwas endgültig oder verbindlich ist, hinter sich zu lassen. Vielleicht sei »egoistisch« nicht das richtige Wort, fügt er hinzu, vielleicht wäre es angemessener zu sagen, dass Kinder zu kriegen keine Priorität mehr habe, weshalb die meisten Leute in ihrem Alter den Gedanken an Kinder erst bei wirklich rosigen Zukunftsaussichten zulassen.

»Wir sind feige, Marta. Ich sage jetzt nicht, dass ich unbedingt Kinder haben will, aber wir sollten ehrlich zueinander sein. Weißt du, du und ich, wir gehen aus, wir reisen, kaufen uns Dinge, die wir nicht wirklich brauchen. Uns steht zwar am Monatsende oft das Wasser bis zum Hals, und wir schuften wie die Ochsen, aber im Großen und Ganzen sind wir unabhängig und machen, was wir wollen. Meine Eltern dagegen lebten sicher längst nicht so gut wie wir, als sie meine Schwester und mich bekommen haben. Dennoch fehlte ihnen nicht der Mut, Nägel mit Köpfen zu machen. Und komm mir jetzt nicht damit, das sei eine Frage der Generation. Kinder zu bekommen ist die älteste und selbstverständlichste Sache der Welt, wir machen nur heutzutage einen verdammten Kult darum.«

Marta verschränkt die Arme vor der Brust.

»Dani, der Fehler liegt darin, dass wir einfach *alles* haben wollen. Wir wollen Kinder haben, um uns vollständig zu fühlen. Und *das* ist egoistisch.«

Er spricht es nicht aus, aber ihm geht durch den Kopf, dass sich der heutige Egoismus und das Gründen einer Familie eigentlich nicht miteinander vereinbaren lassen. Es liegt auf der Hand, dass das, was Angst macht, die Tatsache ist, dass sich mit einem Kind nicht mehr alles um einen selbst dreht und man sich stattdessen ganz diesem Wesen zuwenden muss, neue Ängste entwickelt und etwas zusammen in Angriff nimmt, das Bestand hat für alle Zeiten.

»Ich dachte, ich hätte dich so verstanden, dass du das Kind nicht willst, um als Fotografin weiter Karriere machen zu können. Dann stimmt das also nicht?«

Entrüstet rückt sie mit ihrem Stuhl ein Stück zurück, blafft ihn an, wie er dazu komme, über etwas zu urteilen, das nur sie etwas angeht, sie allein und niemanden sonst. Als ob das Ganze leicht für sie sei! Wie herrlich einfach wäre es, wenn sich alles nur auf das Berufliche reduzieren ließe. Er solle es bloß nicht noch einmal wagen, ihre Ansichten in dieser Frage in Zweifel zu ziehen.

»Ich möchte *dich* sehen, wenn du an meiner Stelle wärst. Deine berufliche Zukunft steht hier gerade nicht auf dem Spiel!«

Dani senkt den Kopf. Er würde zwar gern besser verstehen, was sie damit meint, aber er weiß, dass er eine bestimmte Grenze nicht überschreiten darf. Er kennt Martas Zorn, das Machtgefälle, das sich bei der kleinsten Auseinandersetzung zwischen ihnen auftut. Und für einen kurzen Moment hat gerade die Erde unter seinen Füßen gebebt. Über dieses Thema zu diskutieren ist von einem ganz anderen Kaliber als ihre bisherigen Streitereien, hier geht es nicht mehr nur um ein simples gegenseitiges Aufrechnen von Gewinn und Verlust. Ohne ein weiteres Wort tritt Marta hinaus auf den Balkon. Dani steht auf, räumt die leeren Tassen in den Geschirrspüler. Sie haben sich noch nicht alles gesagt, nur die Kluft, die sich zwischen ihnen aufgetan hat, halbherzig kaschiert, haben nur ganz leicht an der Oberfläche dessen gekratzt, was eine Alternative zu ihrem bisherigen Lebensentwurf sein könnte. Aber über den endgültigen Schritt, der nicht mehr rückgängig zu machen ist, haben sie nicht gesprochen. Allen beiden ist noch nicht klar, dass sie mit diesem Kapitel ihres Lebens nicht so leicht abschließen können, sondern gezwungen sein werden, ganz genau hinzusehen.

MONTAG

9. WOCHE

5

Draußen. Nacht. Auf der Straße hält ein Taxi an. Lachend steigen Lucía und Lara aus. Lara schlägt die Tür zu. Das Taxi fährt davon.

LARA: … weil der Typ sich für ein Genie hält, Luci! Der Idiot kann es einfach nicht lassen, jeden Mucks beim Ficken zu kommentieren. *(Sie packt Lucía am Arm, damit sie stehen bleibt, räuspert sich und spricht mit einer tiefen Männerstimme weiter.)* Und? Spürst du, wie ich langsam in dich eindringe? Spürst du, wie ich dabei deinen Hals lecke? Wie meine Finger dich berühren?

Laut lachend wanken die beiden jungen Frauen die Straße hinunter.

LUCÍA: Das ist ja voll panne! Kauf dir Ohropax und scheiß drauf!

LARA: Nicht mehr nötig.

In der Ferne hupt ein Auto.

LARA: Ich habe ihm gesagt, dass man mir einen Job in Düsseldorf angeboten hat und ich wegziehe. Das hat gereicht.

Lucía klopft ihr anerkennend auf die Schulter.

LUCÍA: Es hat doch alles sein Gutes. Jetzt wirst du zwar erst mal weniger ficken, aber deine Ohren werden es dir danken.

Laut kichernd betreten sie ein Lokal mit einem rosafarbenen Neonschild über dem Eingang.

Dani hat die letzten Szenen des Drehbuchs nur quergelesen, weil er es möglichst rasch hinter sich bringen will. Die billige Effekthascherei, der banale Sex und die immer oberflächlicher werdenden Beziehungen zwischen seinen Figuren machen ihn einfach krank. Inzwischen ist es halb fünf Uhr in der Früh. Er macht sich weis, er würde seinen Schlaf auf dem Altar der Produktivität opfern, aber in Wahrheit arbeitet er, weil er kein Auge zubekommt. Zuerst hat er überlegt, ob er Marta wecken soll. Es brennt ihm auf der Seele, mit ihr über ihre Entscheidung zu debattieren. Auch wenn er nicht vorhat, sie umzustimmen, drängt es ihn, das, was gerade passiert, mit ihr gemeinsam zu ordnen. Er will es verstehen, dem Ganzen auf den Grund gehen, und dazu reichen ihm ihre frauenheilkundlichen Erklärungen nicht. Nein, er muss herausfinden, was es für ihre emotionale Nähe bedeutet, er muss wissen, wie künftig ein *Guten Morgen*, ein *Ich rufe dich an, sobald ich angekommen bin* oder ein *Melde dich, wenn du nicht zum Abendessen kommst* klingen wird. Er hat keine Ahnung, ob nach Mittwoch das, was ihre Beziehung im Innersten zusammenhält, geschwächt oder gestärkt sein wird – aber dass sich etwas ändern wird, ist ihm klar. Könnten sie wenigstens zum Teil erahnen, wie sich dies auf ihr Leben auswirken wird, würden sie davon sicher nicht so kalt erwischt werden wie von der Schwangerschaft selbst. *Was jetzt?* Die bohrende Frage geht ihm nicht aus dem Kopf. *Was jetzt, Marta?* Ja, am liebsten würde er sie wecken, an den Schultern packen und so lange schütteln, bis sie ihm ihre gemeinsame Zukunft vorhersagt, bis sie ihm versichert, dass sie zu dem zurückkehren, was sie noch am Donnerstagmorgen fühlten, als sie zu Ikea fuhren, zu diesem sanften Moment der Verbundenheit, den zu genießen er sich erstmals zugestand. Aber Marta liegt im Bett und schläft und ahnt nichts von den beklemmenden Gefühlen des Mannes, der sich zusammenreißt und nur kurz zu ihr hinübergeht, um ihr sanft übers Schlüsselbein zu streichen. Warm und tief atmet sie an diesem frühen Januarmorgen unter der Daunendecke, mit entspannter Stirn und halb geöffnetem Mund. Martas Energie im Ruhezustand. Ja, er lässt sie schlafen und vertagt das Gespräch auf später, aber wie Kiesel unter bloßen Füßen piekst ihn eine Unruhe, die er nicht ignorieren kann.

Vor dem Schreiben hat er sich ein altes Sweatshirt mit ausgefransten Ärmelbündchen über den Pyjama gezogen. Er zieht ein letztes Mal an der Zigarette, drückt sie in den Aschenbecher, bläst den Rauch aus. Vollkommen sinnlos, vor Mittwoch mit dem Rauchen aufhören zu wollen. Und doch betrachtet er die Kippe voller Abscheu. Wenn er könnte, würde er seinen schon lange gefassten Beschluss, mit dem Rauchen aufzuhören, endlich in die Tat umsetzen. Ein Kinderspiel im Vergleich zu der Entscheidung, die Marta so unerschrocken getroffen hat. Aber er spürt, dass die Zigaretten als Verbündete in dieser Woche unentbehrlich sind. Nur zu gern will er daher daran glauben, dass der Mittwoch ein Etappenziel ist und ihr gemeinsames Leben anschließend wieder bei null beginnt.

Als böte ihnen dieser Vorfall eine zweite Chance, um die Dinge als reifere, verantwortungsvollere Persönlichkeiten anders anzugehen.

Mit einem Seufzer wendet Dani sich wieder seinem Computer zu. Der Dialog will ihm partout nicht gelingen. Es nervt ihn, dass der Humor der Serie immer flacher wird, aber platte, Effekt haschende Anekdoten sind das, was man von ihm verlangt. *Wir müssen die Millennials erreichen,* hat ihm seine Chefin Clara am Freitag mit Nachdruck zu verstehen gegeben. *Die Millennials, Dani!* Als spräche sie von irgendeinem fremden Volksstamm, dabei passt dieses Etikett auf den Großteil der jungen Leute in ihrem Team. Dani selbst findet es lächerlich, Menschen mit solchen Labeln voneinander abzugrenzen. Er ist überzeugt, dass junge Leute immer das Gefühl haben, sie müssten gegen den Druck und die Unzulänglichkeiten der vormaligen Generation kämpfen, und dass jede Generation denkt, sie habe es schwerer als die vorherige, weil sie trotz aller Möglichkeiten den in sie gesetzten Erwartungen nie gerecht werden kann. Und zudem glaubt er, dass der Drang, alle unter einem Schlagwort zu vereinigen, bei den solcherart Abgestempelten eine absurde Opferhaltung weckt. Dabei sind Arbeitslosigkeit, prekäre Beschäftigungsverhältnisse, Sehnsucht nach besseren Zeiten schon lange Dauerbrenner. Und trotzdem hält Clara von der Warte ihrer intellektuellen Autorität aus daran fest, dass es Generationenunterschiede gibt.

»In Zukunft muss sich ein Gag an den anderen reihen, so als würden wir Lachkonserven einsetzen. Ich will Charaktere, die sich ruck, zuck verlieben, Unmittelbarkeit, gepaart mit dem neuesten technischen Schnickschnack, jeder Menge Sex und – Pro-mis-kui-tät«, forderte sie mit weit ausholenden Gesten.

Doch Dani, der immer argumentiert hat, dass Humor eine Haltung sein soll, findet das, was er in letzter Zeit schreibt, überhaupt nicht mehr lustig. Wenn er äußert, wie sehr ihm der Ton der Serie mittlerweile missfällt, bekommt er Stress mit den übrigen Autoren, die wie Clara darin die beste Garantie für hohe Einschaltquoten sehen. Und wenn er ihnen nach dem dritten Bier am Tresen dann noch gefühlsduselig gesteht, dass er gern mal das Potenzial eines subtileren, mehr auf innere Reaktionen abzielenden Humors ausloten würde, raten sie ihm mit kumpelhaftem Schulterklopfen oder Knuffen, er solle kein Idiot sein und sich das aus dem Kopf schlagen, wenn er seinen Stuhl behalten wolle. Und damit erzählen sie ihm natürlich nichts Neues. Sie wissen alle, dass es viel schwerer ist, das Niveau einer Komödie zu halten als das eines Melodrams. Es ist wie im richtigen Leben. An Herzschmerzgeschichten bleiben die Leute leicht hängen, aber sie unentwegt zum Lachen zu bringen ist verdammt schwer. Er sieht ja ein, dass er sich als Drehbuchautor an die Vorgaben der Regisseure und Produzenten halten muss, es nicht zu tun, wäre Irrsinn, doch er begreift nicht, warum den anderen die Wendung, die die Serie genommen hat, dermaßen behagt.

Zum Teil ist daran eindeutig Clara schuld. Sie ist erst seit ein paar Wochen in der Produktionsfirma und hat das Autorenteam letzten Freitag zu einem außerordentlichen Meeting in den Konferenzraum berufen. So was sind sie nicht gewohnt. Bislang haben alle im Homeoffice gearbeitet, und wenn sie sich mal getroffen haben, dann bei jemandem zu Hause. Dass sie nun auf einmal um einen Glastisch saßen, war für sie alle eine Nummer zu groß und ließ sie auf der Hut sein.

Clara. Maßgeschneiderte Anzughose, Seidenbluse, Stilettos. Die Hände in den Hosentaschen, wanderte sie hinter ihnen allen um den Tisch herum. Danis Blick fiel auf die sanfte Wölbung ihrer Brüste unter der Seide, und er stellte sich ihre harten Brustwarzen in den BH-Körbchen vor. Sie ist groß, hat breite Schultern, markante Wangenknochen und ist bestimmt um einiges älter als alle anderen im Raum. Die Frauen im Team, bei ihrer Serie die Mehrheit, himmelten sie an, während Dani überlegte, wie sie wohl in Unterwäsche aussah. Clara war attraktiv, keine Frage. Darüber hinaus fand er sie aber ziemlich unsympathisch, sie war sicher nicht ganz mit sich im Reinen, so, wie sie ihre Sätze beendete, mit diesem autoritären Falsett, als wollte sie gleich zu Beginn deutlich klarstellen, dass sie emanzipiert war und müde zu beweisen, dass ihr Ehrgeiz und großer Einsatz sie auf den Chefsessel gehoben hatten. Schon bei ihrer Vorstellung am Anfang des Meetings hatte sie eine Souveränität an den Tag gelegt, die sie sich wahrscheinlich selbst nicht so recht abkaufte. Sie konnte ihnen nicht in die Augen schauen, als sie ihnen erklärte, sie sei in die Firma gekommen, um voller Innovationsgeist einen *Change* einzuleiten; daher wolle sie vorerst nichts Persönliches über die Mitglieder des Teams wissen, denn dies würde ihnen helfen, bei der Arbeit objektiver zu sein. Für Dani hatten diese Sätze wie aus einem Coaching-Handbuch für angehende Führungskräfte geklungen. Wahrscheinlich würde sie ihnen auch jederzeit ein Messer in den Rücken stoßen, wenn sich die Gelegenheit dazu bot.

Gedankenverloren steckt Dani sich eine neue Zigarette an und fragt sich voller Zynismus, welche persönlichen Dinge er Clara anvertrauen würde, wenn er ihr jetzt, in diesem Moment, gegenübersäße. Vielleicht, dass er gern derjenige wäre, der um den Glastisch wandert, und zwar nicht, weil er ehrgeizig ist und ihre Position haben will, sondern weil er die Serie mag und Ideen hat, wie man sie qualitativ verbessern könnte. Vielleicht würde er ihr auch von seinem großen Traum erzählen, dem Film, den er seit Jahren schreiben und drehen will, seiner beruflichen Stagnation, und dass er keinen Weg aus den immer engeren Genre-Schubladen findet, in die er sich gepresst fühlt. Und ganz zum Schluss würde er ihr womöglich erklären, dass er seit drei Tagen nicht mehr schläft und dass die beklemmenden Gefühle, die ihn wachhalten, nichts mit irgendwelchen erdachten Geschichten zu tun haben, nein, dass die Realität gerade greifbarer ist als je zuvor und sich vor ihm ein Problem auftürmt, das von jemand anderem schon aus der Welt geschafft wird. Denn Marta hat zwischen Satz eins und Satz zwei nicht einmal gestockt. *Ich bin schwanger. Und ich will das Kind nicht bekommen.* Kurz und bündig wie ein Telegramm. Eine unmissverständliche Ansage. Warum also das ganze Kopfzerbrechen? Es weist schließlich alles darauf hin, dass am Mittwoch nach dem intimsten Film ihres gemeinsamen Lebens auf der Leinwand in großen Lettern »ENDE« steht und alle Sorgen mit der Schwarzblende verschwinden.

Abrupt wird die Stille der Wohnung durch den Krach eines Müllwagens durchbrochen. Dani tritt ans Fenster. Im bläulichen Licht der frühen Morgenstunde klettert ein Müllmann aus dem Führerhaus, ruft dem Fahrer etwas zu und schiebt dann energisch einen Container nach dem anderen durch die winterliche Kälte. Was er jetzt wohl gerade denkt und fühlt? Dani dichtet Menschen, denen er begegnet, gern ein Leben an, mit allem Pipapo, so als wären sie fiktive Figuren. Bei dem Müllmann fällt ihm als Erstes ein, dass die Arbeiter der Stadtreinigung sicher ganz ordentlich verdienen. Und wenn sie einen höheren Lohn durchsetzen wollen, haben sie das Heft in der Hand: Ein Streik würde die Stadt augenblicklich ins Chaos stürzen. Autoren wie er haben keinen solchen Hebel, Kreative haben in diesem Land nichts zu melden. Als die amerikanische Autorengewerkschaft vor Jahren für mehr als hundert Tage sämtliche Kino- und Fernsehproduktionen in Hollywood lahmlegte, hatte er vor dem Fernseher gesessen und sich unsichtbarer und finanziell wackeliger gefühlt als je zuvor. In seinem Leben wäre sicher alles viel einfacher, wenn er der anonyme Held in dem fluoreszierenden Overall wäre, der sich gerade auf das Trittbrett hinten am Müllwagen schwingt. Wenn er in aller Herrgottsfrühe nach getaner Arbeit nach Hause kommen würde und mit reiner Seele duschen …

Das Brummen des Motors holt Dani in die Realität zurück, der Krach der Rotopresse, das Rumpeln beim Abstellen der entleerten Tonnen, das piepende Warnsignal. Er kehrt zum Schreibtisch zurück, starrt auf die letzten Sätze.

Er hat »Düsseldorf« geschrieben, nicht »Berlin«. Lara hat Arbeit in Düsseldorf gefunden – und das lässt Clara bestimmt nicht durchgehen, in ihren Augen ist es für die Zuschauer doch viel naheliegender, dass sie einen Job in Berlin findet. Denn Berlin ist hip, *the perfect city for millennials*. Diese Stadt, auf die sich alle Hoffnungen konzentrieren, taucht in jedem Bericht über ihre Generation auf, sie ist zum Sehnsuchtsort all derer geworden, die im Zuge der Wirtschaftskrise Schiffbruch erlitten haben und im heimischen Arbeitsmarkt nicht Fuß fassen können.

Resigniert löscht er »Düsseldorf« und tippt »Berlin« in das Manuskript. Lara, die Figur, in die er sich von Anfang an verliebt hatte, diese moderne Städterin Anfang dreißig voller Sex-Appeal, von der er dachte, sie könne ihn mit dem Comedy-Genre versöhnen, wird nun also nach Berlin gehen ... aber sobald er es auf dem Bildschirm liest, merkt er beunruhigt, dass es wie ein böses Omen wirkt, das ihn lähmt. Er starrt lange darauf, während der Cursor neben dem letzten Buchstaben blinkend auf seine Entscheidung wartet.

Das wenige Tageslicht im Winter, graue Häuserschluchten, gedrückte Stimmung. Berge von schmutzigem Schnee an den Straßenrändern. Die Freunde und auch seine Mutter in weiter Ferne. Marta und er sind keine zwanzig mehr. Und doch noch immer Sklaven einer verheißenen Freiheit.

»Unsinn, Berlin ist doch nicht grau! Du wärst begeistert, Dani! Berlin ist wie ... wie eine einzige Open-Air-Kunstgalerie!«, hatte ihm Marta widersprochen.

Es kränkt ihn, dass Marta noch immer davon träumt, nach Berlin zu ziehen, obwohl sie nun schon eine Weile glücklich zusammenwohnen. Vor wenigen Wochen hatte sie ihm überraschend eröffnet, dass sie sich bei der Berliner Kunstgalerie Meyer Riegger beworben habe, die jemanden für die Inszenierung und Dokumentation ihrer Ausstellungen suchten. Angeblich rechnete sie sich kaum eine Chance aus, aber für ihn war diese Bewerbung, die sie nicht mit ihm abgesprochen hatte, eine Bestätigung, dass Marta in der gemeinsamen Wohnung kein Projekt für ihre gemeinsame Zukunft sah, sondern ein Provisorium wie so vieles. Was sie beide unterscheidet, zeigt sich nicht nur in der ganz unterschiedlichen Musik, die seine und ihre Vergangenheit geprägt hat, sondern auch in ihren Erwartungen an das Leben. Vor noch gar nicht so langer Zeit hatte auch ihn der Drang umgetrieben, eine unbestimmte Sehnsucht zu stillen, und natürlich hat Marta jedes Recht dazu. Er kann weder gegen diesen Traum etwas sagen noch gegen Berlin. Sie hat gute Argumente, die geerbte Wohnung ihrer Oma, die unendlichen Möglichkeiten und Chancen für sie als Künstlerin, ein neues Leben, eine Zukunft. Und trotzdem hätte er vor Tagen noch eine Liste von überzeugenden Gründen gehabt, warum sie diesen Schritt lieber nicht gehen sollte. Aber seit sie ihm das mit der Schwangerschaft gesagt hat, ist Dani verstummt. Mit jeder Stunde gerät das fein austarierte Gleichgewicht zwischen ihnen immer mehr aus der Balance und erzeugt in Dani ein immer größeres Unbehagen. Marta sieht in Berlin Farben, Chancen, Graffiti, Weihnachtsmärkte, Glühwein, Kreuzberg, Freunde von Freunden, die ihnen gern helfen, eine Galerie zum Ausstellen ihrer Fotos. Er dagegen muss ständig an ›Der Himmel über Berlin‹ denken, die monochromatische Perspektive der beiden Engel von Wim Wenders, die verloren in der Stadt umherirren, und fühlt sich diesen himmlischen Betrachtern näher als Martas Wunsch, Nägel mit Köpfen zu machen und sich in Berlin niederzulassen.

Berlin.

Markieren. Löschen.

Mit der quälenden Vorahnung, dass darüber noch nicht das letzte Wort gesprochen ist, tippt er erneut »Düsseldorf«. Speichern.

6

Er hatte Jordanien ausgesucht, weil noch keiner von ihnen beiden dort gewesen war. Er fand, es war das perfekte Geschenk zu Martas dreißigstem Geburtstag. Die Reise erfüllte tatsächlich all seine Erwartungen. Sie kamen erholt und gut gelaunt zurück und schwelgten noch lange, nachdem sie wieder in ihren Alltag aus Asphalt, Häuserschluchten, Touristenschwärmen, stockendem Verkehr und unzähligen Baustellen eingetaucht waren, in ihren Erinnerungen an die Sonnenuntergänge, die überwältigenden Eindrücke, das besondere Licht von Petra und die Nächte in der Wüste. Für Dani haben Reisen Seltenheitswert, so wie Geschenke, Filmpreise oder Prämien. Für Marta dagegen ist Reisen nichts Besonderes. In ihrem Job ist sie oft unterwegs. Ihre Reisen verschaffen ihr ein Einkommen und neue Kundenkontakte, ermöglichen es ihr aber auch, Freundschaften in der Ferne zu pflegen, sich zu amüsieren und vom Alltag in Barcelona abzuschalten. Sie reist wie ihre Eltern früher, ohne lange darüber nachzudenken, so wie es manche ihrer Freunde tun, und inzwischen auch Dani, obwohl er es für pervers hält. Sie sind Kinder der Demokratisierung des Reisens. Dani geht es beim Reisen allerdings nicht darum, so viele Destinationen wie nur möglich abzuklappern, ihm ist eher das wichtig, was er vor Ort erlebt, die unwiederbringlichen Momente, das Unverhoffte, die Begegnungen mit gänzlich Fremden. Er blättert gern in seinem Pass, überkommt ihn beim Anblick der Stempel doch eine gewisse Befriedigung, die ihren Ursprung in der Kindheit hat, als er einzig und allein in seinen Träumen reiste. Und beim Gedanken, dass er den Pass irgendwann erneuern muss, wird ihm manchmal schon wehmütig zumute, weil er dann die Stempel all der Länder, in denen er gewesen ist, nicht mehr vor Augen haben wird und womöglich auch die dazugehörigen Emotionen verschwinden. Als Kind besaß er einen kleinen, verbeulten Koffer mit abgewetzten Lederkanten, in dem er seine Schätze aufbewahrte: den Spielzeug-Fallschirmspringer, einen Space Eagle, dessen Fäden sich unrettbar verheddert hatten, Dragon-Ball-Aufkleber, ein Exemplar von ›Tim und Struppi und die sieben Kristallkugeln‹, ein paar Schlümpfe – und den Weltatlas von seinem Vater. Sein Vater war Drucker gewesen, und wenn er abends in seinem blauen Kittel nach Hause kam, rochen seine Hände noch nach Druckerschwärze und Lösungsmittel. Das ist eine der wenigen Erinnerungen, die Dani an ihn hat. Und dass sein Vater ihm und seiner Schwester irgendwann zwei kleine Setzkästchen mit den Bleilettern ihrer Namen geschenkt hat, aus der Zeit, als noch jedes Wort per Hand aus einzelnen Buchstaben zusammengesetzt werden musste. Anna und er haben die Kästchen heute noch. An viel mehr kann Dani sich nicht mehr erinnern, aber den Atlas aufzuschlagen hatte für ihn immer bedeutet, dass er sein Sohn war und dass auch er einmal einen Vater gehabt hatte. Dani hat gelernt, an Erinnerungen zu glauben, die reale Geschichten mit denen aus der Fantasie verbinden.

Der Atlas: Als Kind hatte er die darin gezeigte Welt mit gemischten Gefühlen betrachtet. Zum einen erfüllte ihn dabei die gleiche Faszination, die er heute empfindet, wenn er die gestempelten Seiten seines Reisepasses durchblättert, zum anderen sah und spürte er aber auch, was ihm entging; wenn all die anderen um ihn herum über ihre Reisen sprachen, fraß mit zunehmendem Alter immer öfter der Neid an ihm und er fühlte sich minderwertig. Nichtsdestotrotz heißt den Atlas seines Vaters aufzuschlagen, die Welt in Besitz zu nehmen. Wenn er bäuchlings auf seinem Bett lag und mit dem Finger die geografischen Grenzen nachfuhr, empfand er es wie eine Verheißung, dass ihn die Sommer eines Tages weiter fortführen würden als bis ins Dorf seiner Großeltern. Später, als junger Erwachsener, gingen seine wenigen Ersparnisse deshalb, wenn nicht fürs Studium, stets fürs Reisen drauf. Beim Planen erfüllt ihn bis heute das gleiche Hochgefühl. Mittlerweile hat Reisen zwar längst nichts Exklusives mehr, aber alltäglich wird es für Dani trotzdem nie werden. Zu wertvoll ist ihm die Erinnerung an die Welt, als er sie noch nicht erkunden konnte und für ihn all die Orte auf der Landkarte noch sehr fern, abenteuerlich und abgelegen waren.

Dani starrt auf den Kalender auf seinem Schreibtisch, blättert ein paar Seiten zurück.

»Ich bin etwa in der neunten Woche«, hatte Marta gestern beiläufig gesagt. Der erste sachdienliche Hinweis auf den Ursprung des »Problems«. Bei der Zahl der Wochen klingelte bei ihm da noch nichts, gedankenverloren hatte er ihr nur zugesehen, wie sie Rufus die Leine anlegte und die Wohnung dann ohne ein weiteres Wort verließ.

In diesen letzten Tagen hat sich zwischen ihnen ein neues, äußerst vorsichtiges Schweigen breitgemacht, mit jeder Stunde, die vergeht, spürt Dani aber auch, dass er nähere Einzelheiten braucht. Handfeste Fakten. Um das Chaos in seinem Kopf zu ordnen und so objektiv wie nur möglich zu analysieren. Daher wagt er nun einen Blick zurück und überlegt, wann und wo es passiert sein muss, weil ihm immer klarer wird, dass es nicht durchzuhalten ist, nichts wissen zu wollen. Er zwingt sich, ganz rational vorzugehen und alles nur noch auf der Basis der konkreten Fakten zu betrachten, und so löscht Martas Schwangerschaft schließlich alle anderen Erlebnisse in Jordanien aus und reduziert die Erinnerungen an die Reise einzig und allein auf ihren Sex. Er konzentriert sich darauf, sich jedes einzelne Mal ins Gedächtnis zu rufen, jeden Liebesakt während der zehn gemeinsamen Tage in Jordanien.

Er weiß noch genau, in welcher Hochstimmung er war, als sie auf dem Weg nach Amman in der Abenddämmerung über das Mittelmeer flogen. Sie kam nicht bloß von dem entspannten Gefühl, in der Nebensaison zu reisen, oder der Freude, dass er ihr eine gelungene Geburtstagsüberraschung bereitet hatte und er durch einen weiteren Schreibkurs das nötige Geld dafür zusammenkratzen konnte; nein, wie im Rausch war er vor allem wegen Marta selbst, dieser jungen, intelligenten Frau neben ihm, die einen Hauch von Abenteuerlust versprühte und in ihrer figurbetonten Hose einfach umwerfend aussah. Sanft strich er ihr mit der Hand über den Po, als sie sich über

Griechenland an ihm vorbei zum Fenster beugte und ihm leise zuraunte, dass unter ihnen sicher gerade ein Kind zum Himmel hinaufschaute und ihnen zuwinkte.

Gleich in der ersten Nacht hatte sie mit ihm schlafen wollen. Es war schon spät, als sie im Hotel ankamen, aber Marta war noch putzmunter, geradezu ausgelassen. Obwohl Dani von der Reise todmüde war, ergab er sich willig ihren Händen, ihren Lippen und dem vertrauten Feuer, das sie wie immer kundig zu entfachen verstand. Die Reibung ihrer Körper, der Rhythmus. In ihrem Liebesspiel waren sie noch immer hinreißend. Er weiß auch noch, wie er sich danach am Waschbecken die Zähne putzte und sie durch den Spiegel beim Duschen beobachtete. Er fand sie sexy, und zugleich rührte es ihn einmal mehr, dass bei ihr wieder eine gewisse Kindlichkeit durchblitzte, sosehr sie sich auch bemühte, stets abgeklärt zu wirken: Sie freute sich wie ein kleines Mädchen über die luxuriöse Duschkabine, die dreimal so groß war wie ihr ganzes Badezimmer im Poble Sec. Als sie tropfnass herauskam, reichte er ihr ein blütenweißes Handtuch. Hotels sind für Menschen, die einen eher genügsamen Lebensstil pflegen, der Untergang. Sonst die große Verfechterin eines nachhaltigen Lebens, öffnete Marta, betört vom Reiz des Neuen, sämtliche kleinen Seifen, Fläschchen mit Feuchtigkeitscremes und Shampoos auf der Waschbeckenablage. *Hier, riech mal.* Entzückt schloss sie die Augen.

Wenn er nun daran zurückdenkt, wie sie splitterfasernackt im dampfigen Badezimmer stand, der beschlagene Spiegel, die glänzende Haut ihres Gesichts, ihr tiefenentspannter Körper, die friedliche, sie beide einhüllende

Ruhe … auf einmal wird ihm bewusst, wie sehr er sie braucht, wie sehr er sie liebt und wie groß sein Impuls ist, sie zu umsorgen und zu beschützen, ja, sie, Marta, diese unabhängige, betörend verführerische, freie Frau. Zwei Jahre, nachdem er sie kennengelernt hat, erkennt Dani, dass er zum ersten Mal überhaupt zugeben kann, dass Marta die Frau seines Lebens ist, zumindest seines jetzigen Lebens. Er kann sich nicht daran erinnern, ihr das je gestanden zu haben, aber er hatte zuvor auch noch nie so eine intensive Beziehung und noch nie so lange mit einer Frau zusammengelebt. Zudem weiß er nicht, wie man überhaupt solche Dinge sagt, und erst recht nicht zu jemandem, der den Mythos der romantischen Liebe, mit allem, was dazugehört, in Grund und Boden verdammt: die Monogamie, das Ideal von einem gemeinsamen Lebensprojekt und dass man als Paar unschlagbar ist. Er hat es für möglich gehalten, sie so unverbindlich zu lieben. Er hatte gedacht, er sei jemand, der allein klarkommt, ohne dem romantisch verklärten Bild von Liebe und Familie zu frönen, ein zynischer Idealist, der loyal zu seinen Freunden ist, aber gern allein im stillen Kämmerlein darauf wartet, dass irgendwann sein großer Moment kommt, in dem er brillieren kann. Er muss nicht ständig Menschen um sich haben, und da auch Marta ihren Freiraum braucht, war das von ihren häufigen Reisen unterbrochene, zu nichts verpflichtende Zusammenleben für sie als Paar perfekt. Zumindest bis jetzt.

Bevor er Marta kennenlernte, war sein Leben so lala, mit seinen Drehbüchern konnte er sich einigermaßen über Wasser halten, und wenn ihm gelegentlich die Einsamkeit und Routine zusetzten, stürzte er sich ins Getümmel und riss irgendein Mädchen auf, um die Intimität zweier Körper zu genießen. Ohne weitere Verpflichtung, da es in der Regel bei der einen Nacht blieb. Die Beziehungen in den Büchern, die er las, oder den Serien, die er schrieb, hielten deutlich länger als seine eigenen Geschichten. Diese Unverbindlichkeit wurde irgendwann noch von Tinder mit seinen On-Demand-Affären verstärkt. Die unverhohlen sachliche Dynamik von Anziehung und Verführung war Dani zwar anfangs zuwider, konnte man doch ruck, zuck ausgesondert werden, aber bald hatte er sich daran gewöhnt. Er verstand auch schnell, wie wichtig es war, im Vorfeld Klartext zu reden, damit die Gegenseite keinerlei romantische Erwartungen hegte und ihn im Nachhinein nicht mit unvorhergesehenen Situationen überraschte. Was es von den vorherigen sexuellen Abenteuern unterschied, war der Spielraum, den er durch den Datingservice bekam: Er konnte vollkommen abtauchen, erst mal nachdenken, zögern. Dazu kam noch das erregende Gefühl, als jemand ganz anderes flirten zu können, unter irgendeiner anderen Identität. Das virtuelle Spiel bescherte ihm auf dem Display ein Sexleben, das dank seiner blühenden Fantasie reich und bunt wurde, schließlich war er ein Meister seines Fachs: Bei der Arbeit tat er den lieben langen Tag nichts anderes, als glaubhafte Charaktere zu erschaffen. Von Angesicht zu Angesicht half ihm das Drehbuchschreiben allerdings nicht weiter. Der Sex mit den Frauen, die er durch ein simples Fingerwischen nach rechts auserwählt hatte, blieb unbefriedigend und oberflächlich.

Trotzdem wird er der App für die Leichtigkeit, ohne Drama Schluss machen zu können, auf ewig dankbar sein. Er kostete es eine Weile voll aus. Bis eines Tages Marta aufgetaucht war. Ganz unverhofft. Er hatte sie weder in einer App gefunden, noch war sie ein Produkt seiner Fantasie. Manche Menschen gibt es nur im wahren Leben. Hätte er sich eine solche Traumfrau ausgedacht, wäre sie ihm absolut unglaubwürdig erschienen.

In den zwei Jahren, die sie nun zusammen sind, haben sie trotzdem noch nie ernsthaft über eine gemeinsame Zukunft gesprochen. Beide leben sie lieber in den Tag hinein, wollen vor allem Spaß haben. Mit der Unterschrift unter dem Mietvertrag der Wohnung haben sie dennoch eine Art ungeschriebenen Pakt besiegelt: Zuneigung und heißen Sex, Freundschaft, und vor allem eine gewisse Sorge umeinander, diese Nähe, für die es keine Worte gibt, all das wollten sie miteinander teilen. Und nun, seit Donnerstagabend, ist es plötzlich nicht mehr das Spiel, das sie gemeinsam begonnen haben. Zu dem, was sie zusammenhält, ist etwas hinzugekommen, eine kleine Unachtsamkeit, was ihrem bisherigen Neben- und Miteinander eine ungeahnte Wendung gibt, die offenbar werden lässt, wie fragil der Zustand zwischen einer Etappe des Lebens und der nächsten ist.

Dort in Amman, in der trügerischen Sicherheit des Hotelzimmers, waren sie noch zu zweit gewesen, nur sie beide, mit ihren jeweiligen Hoffnungen und ihrer Unbefangenheit. Dani fragt sich nun, ob es vielleicht in jener ersten Nacht in Jordanien geschehen sein könnte. Oder ob Martas anschließende Dusche seine Gene weggespült hat.

In den nächsten Stunden wird vor seinem inneren Auge noch die ganze Flut späterer Liebesakte vorüberziehen. Er wird versuchen, sich jedes Detail in Erinnerung zu rufen, wann, wo genau, ob irgendwas dabei schiefgegangen ist, sie vielleicht irgendetwas Besonderes gesagt haben. Eigentlich müsste man es doch an irgendetwas merken, wenn man ein Kind zeugt; selbst wenn man nicht damit rechnet, müsste einem doch irgendetwas Besonderes im Gedächtnis haften bleiben, oder nicht? Aber er wird sich nur noch an den Spaß erinnern, den sie bei jedem einzelnen Akt miteinander hatten, an mehr nicht.

In schlechten Drehbüchern ist immer ein Loch im Kondom oder die Frau hat das Verhütungsmittel vergessen, aber er weiß, dass Marta peinlich genau über alles Buch führt. Genauso akribisch, wie sie Bücher alphabetisch nach den Autorennamen sortiert, Telefonnummern auswendig lernt und ihre monatlichen Ausgaben in einer Exceltabelle notiert, hat sie ihre fruchtbaren Tage eigentlich im Blick.

Seit der Nacht zum Freitag hat sich jeder von ihnen jedoch auf eine Insel des Schweigens zurückgezogen. Angesichts des Malheurs fühlt sich Dani auf seinem Eiland zunehmend machtlos und wie gelähmt. Während er von Zweifeln zerfressen wird, legt sie eine unbeirrbare Entschlossenheit an den Tag, wie kann das nur sein? Weder im wahren Leben noch in fiktiven Geschichten werden Pläne von den Göttern geschmiedet. Eigentlich ist er doch derjenige, der versteht, wie man ein Leben entwirft. Er verdient sogar seine Brötchen damit. Wieso hat er nicht vorausgesehen, dass so etwas auch in der Realität geschehen kann? Mit einem resignierten Seufzer erkennt er, dass nicht er der Meister ist, sondern die Geschichten ihn suchen und dieser Vorfall dem Drehbuch seines Lebens eine neue Wendung gibt. Und irgendwie ist dies berauschend, sogar von einer gewissen Schönheit, denn letztendlich – schreiben Marta und er diese Geschichte zusammen.

Dani blickt auf seinen Bildschirm, wo außer der nächsten Szenenüberschrift seit Stunden nichts passiert ist, und hört plötzlich, wie sich ein Schlüssel im Türschloss dreht. Mit einem erschöpften, kurzatmigen »Hallo« stürmt Marta herein. Die Wohnung wird für Dani zum Filmset, mit ihnen beiden als Darstellern.

»Ich hab ein Objektiv vergessen! Ist das zu fassen?! Das Model steht schon fix und fertig parat, und ich finde das verdammte Ding nicht.«

Er hört, wie sie im Schlafzimmer eine Schublade nach der anderen aufreißt.

»Hast du Kleingeld? Ich nehme ein Taxi, sonst bringen die mich um.«

Verwirrt klopft er seine Hosentaschen ab, kramt ein paar Euro hervor, dann spielt ihm sein Unterbewusstsein einen Streich. *Okay, sie hat also ein Objektiv vergessen, aber, oh Mann, sieht sie nicht toll aus, wie sie so herumrennt wie ein aufgescheuchtes Huhn, die Sonnenbrille im zum Dutt gezwirbelten Haar, und in dieser bequemen Chino, um die Fotosession mit unserem Kind im Bauch zu überstehen.* Kurz bleibt die Welt stehen, bis er kapiert, dass er sich auf das einzige Spiel eingelassen hat, zu dem er gerade in der Lage ist: das Spiel der Sprache. Er hat es benannt: *Unser Kind.* Die geheime Logik der Existenz. Es reicht, sie beim Namen zu nennen.

Im nächsten Moment eilt Marta zu ihm und drückt ihm einen Kuss auf die Stirn.

»Bis heute Abend. Schreib schön fleißig!«

Aus einem Impuls heraus schlingt Dani einen Arm um ihre Taille, legt seine Hand auf ihren Bauch. Seine starke, entschlossene Hand wird zu einer einzigen Liebkosung.

»He, was machst du da?!«

Abrupt löst sie sich von ihm, verpasst ihm eine Ohrfeige.

Eine Sekunde später fällt krachend die Wohnungstür ins Schloss.

7

Martas melodramatische Ohrfeige findet er überzogen. Eine wortlose Beleidigung voller Verachtung und zugleich eine Warnung. Ihre heftige Reaktion verunsichert ihn. Er ist mit dem Hund allein, und so lässt er seiner Verärgerung freien Lauf. Ach, wie vorzeigbar war Rita Hayworth nach der Ohrfeige, die ihr Glenn Ford in *Gilda* verpasst hatte, ihre Frisur war gerade mal in eine elegante Unordnung geraten. Bei ihm hingegen hängt die Brille auf halb acht, er fühlt sich lächerlich und wütend zugleich und kann nicht mehr nachvollziehen, was ihn dazu gebracht hat, ihren Bauch zu streicheln. Eigentlich hat sie allen Grund, sich bei ihm zu entschuldigen, aber wenn er diplomatisch sein will, bittet er sie um Verzeihung. Er wäscht sich energisch mit kaltem Wasser das Gesicht. Nein, er wird jetzt nicht zum Handy greifen und sich lieb bei ihr melden. Wütend und tief gekränkt kehrt er an seinen Schreibtisch zurück, fest entschlossen, diese neue Welt, in der er seit drei Tagen lebt, zu verscheuchen. Doch dort hält es ihn nicht lange, er tigert durch das Esszimmer, zugleich sein Arbeitszimmer, und murmelt leise vor sich hin, damit sei jetzt Schluss, keinen Gedanken werde er mehr daran verschwenden.

Einigermaßen wiederhergestellt setzt er sich an den

Schreibtisch. Er holt tief Luft und schaut auf den Bildschirm. *Kapitel sechsundneunzig.* Aber seine Gedanken kehren zur Schwangerschaft zurück. Er haut mit der Faust so fest auf den Tisch, dass Rufus aufschreckt. Dann nimmt er die Brille ab und reibt sich die Augen. Das Telefon klingelt, auf dem Display erscheint Claras Name, er stöhnt. Er starrt das Telefon an und lässt es klingeln, schnappt sich eine Zigarette, geht hinaus auf den Balkon und schließt die Tür hinter sich. Rufus hebt seinen alten Kopf und schaut besorgt durch die Scheibe. Vom Balkon kann Dani einen guten Teil der Carrer Blai überblicken, der Hauptschlagader des Viertels. Wie oft waren ihm die Geschichten seiner Bewohner, die sich auf der kleinen, von Bars gesäumten Rambla tummeln, eine Quelle für Inspirationen. Und wie sehr hat sich das Viertel gewandelt. Wo früher ein Schuhladen, ein Fischhändler, ein Kiosk oder ein Spielzeugladen waren, sind heute Bars und Franchise-Unternehmen. Jetzt im Winter sind hier noch nicht viele Touristen unterwegs. Ein paar Abiturientinnen spazieren vorbei, die Schulmappen gegen die Brust gedrückt, und tuscheln lachend. Junge Mädchen mit strahlenden Gesichtern und Zahnspangen, in braven Faltenröcken und bis zu den Knien hochgezogenen Strümpfen. Ein Stück weiter sieht er den Besitzer des Dönerladens, er lehnt an der Hauswand mit dem abblätternden Anstrich und spricht in sein Handy. Eine junge Frau aus dem Maghreb fegt den Eingang eines Lokals, das für Couscous und Tajine mit Huhn und Lamm wirbt.

Er muss an seine Serie denken. In der ersten Staffel war die Folge ein Riesenerfolg gewesen, in der sich Lara als vermeintlich völlig verpeilte Touristin in einem Callshop versteckte, weil sie dem Fremden, mit dem sie in der Nacht zuvor geschlafen hatte, nicht begegnen wollte. Dani hatte sie in einem für Barcelona typisch schwülen August komplett auf dem Balkon geschrieben und ein kleiner Callshop auf der anderen Straßenseite, dem er später einen anderen Namen gab, hatte ihm als Inspiration gedient. Fortan hatte er bei seinen Kollegen den Spitznamen Mushtaq weggehabt. Durch den Erfolg im Mittelpunkt zu stehen hatte ihm gefallen. Er hatte die Episode in einem Rutsch heruntergeschrieben und darin von den Widersprüchen und Paradoxien im Leben einer unabhängigen Frau erzählt. In Sachen Sex hatte er kein Blatt vor den Mund genommen. Das Ganze war schlüpfrig geworden, respektlos und wirklich witzig. Das Handy klingelt. Clara.

»Hallo?«

»Dani?«

Sie hat ihn vorher noch nie angerufen. Ihr freundlicher Tonfall lässt bei ihm die Alarmglocken schrillen.

»Ach, hallo, Clara ... Wie geht's? Ich bin noch nicht fertig mit dem Kapitel, aber es ist ja auch noch nicht mal elf.«

Sie wolle mit ihm nicht über das sechsundneunzigste Kapitel sprechen, sondern über das davor, sagt sie nun wieder mit dem üblichen distanzierten Ton. Er solle das mit Düsseldorf ändern. Es müsse Berlin sein, okay?

Unten auf der Straße geht das Leben weiter seinen Gang, Passanten eilen vorüber. Ein auf dem Bürgersteig geparkter Lieferwagen sorgt für ein hitziges Wortgefecht. Frauen mit Einkaufsshoppern und Portemonnaies in den Händen bleiben gaffend stehen. Ein mickriges Hündchen verfällt in ein schrilles Bellen. Doch Dani vernimmt den Lärm der

Welt wie durch Watte. Er bläst den Rauch seiner Zigarette aus, bevor er antwortet. Will man den Zuschauer auf seine Seite ziehen, geht das nach seiner Erfahrung am besten mit einem Witz. Aber Dani kann den Parallelen zwischen Filmwelt und Privatleben nichts abgewinnen, und so fällt ihm nichts Witziges ein.

»Findest du nicht, dass Berlin abgedroschen ist?«

Er weiß, wie haltlos sein Argument ist, und schließt die Augen. Der Besitzer des Lieferwagens fährt los und überzieht die Schaulustigen mit einem Schwall von Schimpfwörtern.

»Wie meinst du das?«

Ihm ist bewusst, dass er Clara auf keinen Fall klarmachen kann, wie sehr es ihn stört, Berlin in der Serie zu erwähnen. Sie würde ihn für einen Spinner halten. Er beschließt, so aufrichtig wie möglich zu sein, ohne sie in sein Privatleben einzuweihen. Er müsse sich mit dem, was er schreibt, wohlfühlen, erklärt er ihr, und im Moment gebe es ein paar Dinge, die ihn sehr beschäftigten, und dazu gehöre Martas Wunsch, Barcelona zu verlassen und nach Berlin zu ziehen.

»Wer zum Teufel ist Marta?«, fragt Clara. Es geht dann noch eine Weile hin und her, am Ende spricht Clara ein Machtwort.

»Hör mal, Dani, ich habe keine Zeit für deine Privatangelegenheiten. Wenn du es nicht änderst, tue ich es, auch gut. Es muss Berlin sein, okay? Und wenn du weiterhin Interesse hast, an diesem Projekt mitzuarbeiten, beschränkst du dich von nun an bitte darauf, das zu schreiben, was ich dir sage, und lässt deine Beziehungsprobleme außen vor. Die haben bei der Arbeit nichts zu suchen, ist das klar?«

Dani beißt sich auf die Zunge. Er verabschiedet sich knapp und sucht das Dokument mit dem letzten Kapitel heraus. Als er *Berlin* tippt, scheinen die Buchstaben ihn auszulachen. Er fühlt sich wie ein Loser. Rasch schreibt er Clara eine Mail, wählt die Datei als Anhang aus und drückt mit einem unbeherrschten *Scheiß drauf* auf Senden. Eine Demütigung. Trotz seines Alters muss er immer noch kuschen und tun, was andere wollen.

8

Um Verzeihung zu bitten ist leichter gesagt als getan. Marta meldet sich nicht. Die Anrufe seiner Mutter, die ein paar Mal versucht hat, ihn zu erreichen, hat er ignoriert. Erst als er um halb neun mit Rufus Gassi geht, im Viertel werden gerade die Rollläden der Geschäfte herabgelassen und die der Bars hochgezogen, um das herrliche Angebot an Tapas und Häppchen zu präsentieren, ruft er sie zurück. Im Dunkeln kann man die Wolken nur noch erahnen, die sich seit dem Nachmittag am Himmel zusammengeballt haben.

Er hat den Rückruf bei seiner Mutter so lange aufgeschoben, weil er ihrem Gejammer nicht zuhören will. Kaum fragt er: *Wie geht es dir?*, stimmt sie ihr Klagelied an: Schmerzen im Rücken und in den Beinen, der Arzt, die Nerven. Er stellt sich vor, wie sie am anderen Ende der Leitung vor dem Fernseher, den sie auf stumm geschaltet hat, auf dem Sofa sitzt. Dabei streichelt sie ihre schielende Pekinesenhündin, die sie mit Talkumpuder einparfümiert. Oder sie feilt sich die Nägel. Ihre Hände sind ein Tick von ihr.

Als junges Mädchen, lange bevor sie den Mann kennenlernte, der der Vater ihrer Kinder werden sollte, brach sie die Schule ab und arbeitete als Verkäuferin an einem Geflügel- und Gemüsestand auf dem Markt in ihrem Viertel. Der Tod ihres Mannes warf sie dann völlig aus dem Gleis. Es folgten unzählige Arztbesuche und angstlösende Tranquilizer, von denen sie nicht mehr loskam. Aufgrund der vielen Krankschreibungen wurde sie entlassen. Bald darauf fand sie eine Stelle als Gehilfin in einem Friseursalon. Vor drei Jahren ging sie dann endlich in Rente. Durch den täglichen Umgang mit Wasser, Farbmischungen und Blondierungen handelte sie sich Dermatitis und Ekzeme an den Händen ein. Sie sagt gern, dass sie *eine-durch-Stress-verstärkte-Veranlagung* hat. Vielleicht hat sie das irgendwo gelesen, oder irgendein Hautarzt hat ihr diese Diagnose gestellt, bei ihr klingt es wie ein einziges Wort. Sie lässt es ständig in Unterhaltungen fallen, als wäre unter Stress zu leiden ein Wert, ein materieller Besitz, der sie in dieser Gesellschaft mit ihrem Arbeitsethos zu jemandem machte. Dani hat sich immer nach einer kämpferischen Mutter gesehnt, aber er hat sie immer müde und überfordert erlebt. Er hat sich lange eingebildet, ohne den Tod ihres Mannes wäre seine Mutter zu Größerem bestimmt gewesen. Wäre sein Vater nicht gestorben, hätte sie mit ihrem Traum, Kindermode zu entwerfen, in den Neunzigern sicher Erfolg gehabt und die Kraft gefunden, Haushalt und das eigene Geschäft miteinander zu verbinden. Kurz nach Danis Geburt wollte sie an einer Modeschule studieren. Aber ihr ganzer Schwung, ihre Lebenslust und ihre Warmherzigkeit, die sich in ihren selbst erfundenen Liedern und Gutenachtgeschichten von Schätzen, Wäldern, Feen und guten, aber einsamen Monstern äußerten, hatten mit der Krankheit ihres Mannes ein jähes Ende. Das alles, und ihre Koketterie, ihre zarten Wangenknochen und ihre feinen Gesichtszüge verschwanden hinter einer steinharten Fassade. Eine junge Frau in Trauerschwarz, aber ein Schwarz ohne Raffinesse und Magie. Seine Mutter wurde zu einer bigotten Kirchgängerin, deren Tage sich um Katechese, Vigilien und Osterkerzen drehten und die ihr Lebensglück bewusst für eine andere Welt opferte, damit sie sicher sein konnte, dass ihr Schicksal nicht in ihren eigenen Händen lag. Während sich die Gesellschaft um sie herum einem optimistischen Konsumrausch hingab, Bobby McFerrin *Don't Worry, Be Happy* sang, die Freuden des Lebens in greifbare Nähe zu rücken schienen, alle zu Geld kommen wollten, sich die FKK-Strände füllten, Scheidungen normal und die Kirchen immer leerer wurden, marschierte sie mutlos in die entgegengesetzte Richtung. Der ganze Kirchenkram hatte sie so steif werden lassen wie eine gestärkte Sonntagsdecke.

Gerade erzählt sie Dani, dass die Tabletten wirken und es ihr besser geht, aber er hat sich längst in sein Schneckenhaus zurückgezogen, das er sich über die Jahre zugelegt hat. Von Zeit zu Zeit lässt er ein einsilbiges *Ja*, *klar*, *mhm*, *nein*, *ah* hören. Er findet die Vorstellung entsetzlich, im Alter zu werden wie seine Mutter, schämt sich aber für diesen Gedanken. Seine Liebe zu ihr hat etwas Organisches. Sie wissen eigentlich kaum, worüber sie reden sollen. Doch sie halten per Telefon und durch sporadische Besuche den Kontakt aufrecht. Dani liebt sie. Er liebt sie wegen eines Fotos, auf dem zu sehen ist, wie sie ihm als Säugling mit geschlossenen Augen einen Kuss auf die empfindliche Fontanelle haucht; er liebt sie wegen der verschwommenen Erinnerung an jene ersten fünf herrlichen Jahre, in denen sie ihre Bedürfnisse hintenanstellte und sich ihrem Nachwuchs widmete; er liebt sie, weil ihm seine Oma immer wieder gesagt hat: *Verärgere deine Mutter nicht, die Ärmste hat dich sehr lieb*. Aber diese Worte, die ihre Opferrolle betonten, haben in ihm den Eindruck geweckt, dass er sie im Grunde liebt, weil man eine Märtyrermutter lieben muss.

Ach, meine Nerven, wiederholt sie am anderen Ende der Leitung wie ein Mantra. Immer sind es ihre Nerven, ihre Nerven sind für Störungen aller Art verantwortlich, ein Vorwand, um sich dem Leben nicht stellen zu müssen. Sie redet wie ein Wasserfall. Eine Cousine aus Oviedo will sich trennen.

»Nicht zu fassen, und das mit zwei kleinen Kindern. Ich rede von Sonia. Weißt du, wen ich meine?«

»Die Mittlere von Tere, oder?«, kommt er ihr entgegen.

»Genau.«

Die Erinnerung an seine Cousins und Cousinen aus Oviedo ist untrennbar mit dem Gedanken an Fahrräder, grüne Felder und endlose Sommer verbunden. Sie sind Teil einer Welt, in der die Erwachsenen über allem wachen und es keine Gefahren gibt. Dort gab es Glühwürmchen, und am Himmel waren die Perseiden oder der Große und der Kleine Wagen zu sehen. Der Blick hinauf zu den Sternen war wie ein Blick in die Zukunft. Als Dani Rufus von der Leine losmacht, damit er sich auf dem kleinen Platz vor dem Haus nach Herzenslust austoben kann, wird es ihm warm ums Herz vor Sehnsucht nach etwas Beständigem, das er nicht mehr verorten kann, und vor Sehnsucht nach seiner geliebten Mutter, nach der Frau, die mit dem Vater gestorben ist.

Sie redet weiter über Belanglosigkeiten, das Wetter, dass sie für das Bad einen neuen Radiator als Ersatz für den alten kaufen will, weil es in dieser Woche kalt werden soll, und dann fragt sie ihn unvermittelt, ob er nicht einen neuen Haarschnitt brauche. Sie warte auf ihn. Noch nicht, erwidert er. Dass er gerade erst beim Friseur gewesen ist, sagt er ihr nicht. Und auch nichts über Martas Ohrfeige heute Morgen, über die er noch immer nicht hinweggekommen ist. Es wäre schön, wenn er seiner Mutter von der überraschenden Schwangerschaft und seiner zärtlichen Geste erzählen könnte, davon, dass Marta wütend geworden ist und ihn geschlagen hat, so wie früher, als Anna und er als Kinder Streit hatten, und ihre Mutter zu ihnen sagte: *Wenn dich jemand auf die rechte Wange schlägt …* Und sie wie aus einem Munde antworteten: *Dann biete ihm auch die andere an. Matthäus 5, 39, Mama*, und sie über ihren resignierten Singsang lachen musste. So würde sie jetzt mit Sicherheit nicht mehr lachen, wenn sie von der Ohrfeige wüsste. Wahrscheinlich würde sie nicken, denn sie rechnet immer mit einer Enttäuschung.

Wenn er mit seiner Mutter spricht, ist immer auch seine Schwester als Phantom anwesend. Manchmal fragt er sich, was von seiner und Annas kleiner Welt übrig geblieben ist, von dem geheimen Code, der nur ihnen gehörte, von dem sprachlosen Befremden, mit dem sie die Verwandlung ihrer Mutter wahrnahmen. Anna war die große Schwester. Anna wusste auf alles eine Antwort. Sie war ernst, gelassen und hatte viel Fantasie. Dani bewunderte sie still. Anna war ein sicherer Hafen, die Miniaturausgabe einer Mutter, dabei gehörte die kleine Hand, die so oft nach seiner griff, um ihn zu trösten oder um die Straße zu überqueren, die Hand, die ihm die Tränen abwischte, einem Mädchen, das nur drei Jahre älter war als er selbst. Als er heranwuchs, dachte er, es sei nun seine Aufgabe als Mann, sie zu beschützen, aber Anna hielt Distanz, als hätte sie gelernt, auf sich selbst aufzupassen. Sie war da, wenn er sie brauchte, hielt sich aber fortan im Hintergrund, als wollte sie nicht stören und nicht gestört werden. Als sie nach Göteborg zog, hatte Dani das Gefühl, dass sie ebenso diskret die Flucht ergriff, wie sie liebte. Doch gerade jetzt hätte er sie gern in seiner Nähe. Um die gemeinsame Welt zurückzuerobern, um sich zu vergewissern, dass es diese gemeinsame Welt noch gab.

Er konzentriert sich wieder auf das Gespräch mit seiner Mutter, die unaufhörlich dahinplappert, und schnappt gerade noch auf, dass sie sich erkundigt, ob Marta diese Woche in der Stadt sei oder auf Geschäftsreise.

»Sie ist unterwegs und kommt am Mittwoch zurück«, lügt er und wird rot.

»Gib ihr einen Kuss von mir, wenn du sie siehst.«

Was soll er darauf sagen?

9

Marta kommt nicht. Beim Korrigieren der Übungen von einem seiner Schreibkurse blickt Dani hin und wieder auf und starrt zur Tür, als könnte die sich jeden Moment öffnen. Unter seinen Studentinnen ist eine, die ihm bei jeder Veranstaltung besonders auffällt, vor allem weil sie dafür sorgt, dass das so ist. Selena. Heißt sie wirklich so?, fragt er sich jetzt. Selena spielt gerne die Verführerische, oft braucht sie eine Ewigkeit, bis sie ihre Sachen zusammengepackt hat, nur um ganz mit ihm allein zu sein. Mal lässt sie den Stift fallen und hebt ihn mit einer betont lasziven Bewegung vom Boden auf, mal zieht sie verführerisch langsam den Reißverschluss ihres Overknee-Stiefels hoch, um ihren Rundungen Geltung zu verschaffen. Sie richtet es jedes Mal so ein, dass sie mit ihm an der Tür zusammentrifft. Wer weiß, vielleicht kommt es ja doch zu einer Annäherung, kalkuliert sie anscheinend. Sie parliert gern, hasst Houellebecq und verehrt Bukowski, gibt sich politisch korrekt, hat lange Beine und gibt vor, eine Menge über das Leben zu wissen. Dani geht ihr lieber aus dem Weg, das hätte er früher nicht getan. Früher wäre er auf ihre Annäherungsversuche eingegangen, wäre neugierig auf den Sex mit ihr gewesen. Aber heutzutage weicht er ihr lieber aus. Mehr um seiner selbst willen als wegen Marta, die es verstehen würde, wenn er sich hinreißen ließe und mit der Studentin im Bett landen würde. Sie würde der Affäre den richtigen Stellenwert beimessen, oder nicht? Seit sie sich kennen, kommt Marta gelegentlich auf das Thema Freiheit zu sprechen. An dem Tag, an dem sie sich die Sterne tätowieren ließen, sagte sie ihm zum ersten Mal, dass man Launen nicht zähmen und Begierden nicht in Ketten legen dürfe. Er solle die Sterne nicht als Fessel auffassen. Sie sei nicht so verrückt, an die Liebe zu glauben, aber verrückt genug, um sich den gleichen Stern tätowieren zu lassen wie jemand, mit dem sie gern Zeit verbrachte. Aber hundertprozentig sicher ist Dani sich eben doch nicht. Also geht er auf Selenas Annäherungsversuche nicht ein, denn er will Marta nicht verlieren. Auch wenn sie gerade nicht anruft beziehungsweise noch nicht nach Hause gekommen ist.

Selenas Text handelt von einer Prostituierten, die eine spezielle Dreierwette beim Pferderennen gewinnt und erst mit dem Sieger, dann mit dem zweitplatzierten Jockey und in den frühen Morgenstunden mit dem Dritten ins Bett geht. Der Text ist gut, ja sogar ausgezeichnet, aber er hatte seine Studenten gebeten, über eine Begebenheit aus der eigenen Kindheit zu schreiben, in der sich die erwachsene Persönlichkeit bereits andeutet. Die Prostituierte nennt sich Rita und trägt eine blaue Perücke. Sie ist Bulgarin, hat einen Goldzahn und ist hager und schmutzig. Der Text handelt von Hinfälligkeit und Niederlagen, aber die überbordend sinnlichen Sexszenen, die dafür sorgen, dass er auf dem Stuhl hin und her rutscht und seine Hose im Schritt ein wenig spannt, weil er einen Ständer bekommt, sind unterhaltsam. Er klickt das Dokument weg und öffnet das Internet. Mit der Ungewissheit im Rücken, dass die Wohnungstür aufgeht, sucht er nach den üblichen Pornoseiten, Pornhub.com und Xvideos.com. Das Vorhaben erregt und entmutigt ihn zugleich. Während sich der Bildschirm mit üppigen Pobacken, Zungen, feuchter Haut und glitschigen Eicheln füllt, schreibt er in sein Notizbuch: *Wir sind alle schwächer und obszöner, als wir vorgeben.* Es ist das erste Mal, dass er Pornos ansieht, ohne dass sich nachher ein gewisses Wohlbefinden einstellt. Die Bilder lassen ihn diesmal kalt. Er ist ein Gelegenheitskonsument. Zu Beginn ihrer Beziehung hat er sich ab und zu mit Marta einen Porno angesehen, wenn sie viel getrunken hatten und um sich darüber lustig zu machen. Sie drehten die Lautstärke herunter und erfanden Dialoge für die Filme, und bei aller Belustigung sorgten die Sex-Bilder für Intimität. Ansonsten schaut er allenfalls mal ein paar Minuten, allein, als pragmatische Auszeit und Triebabfuhr.

Ist Sex nicht überbewertet?, fragt er sich mit Blick auf den Bildschirm. Auch wenn er selbst als Drehbuchschreiber ganz gut davon lebt. War früher der Sex nicht anders, besser, weil mehr im Verborgenen? Erotischer? Abermals schlägt er das Notizbuch auf: *Pathetik: Nostalgie nach längst vergangenen Zeiten, wenn man sich gerade einen runterholen will.* Sein Blick schweift über den Bildschirm, ohne an etwas Bestimmtem hängenzubleiben, doch so sehr er sich auch abmüht, von den wollüstigen, schwitzenden Leibern springt kein Funke auf ihn über. Die Gratis-Szenen, zu denen er Zugang hat, sind nicht gescripted und genauso lächerlich wie die rauen, toxischen Videos, die sie ab und zu unter Männern in einer WhatsApp-Gruppe austauschen. Sie machen ihn nicht scharf, sondern sind bloß grell und hektisch.

Seine Gedanken kehren wieder zum Ursprung zurück. Selena hat etwas. Er stellt sich ihre Haut und ihre weichen, muskulösen Oberschenkel vor. Er schließt die Augen und versucht es. Marta krümmt sich, Marta besteigt ihn, Marta, das Haar im Gesicht, die Lippen geöffnet. Nicht Selena. Marta. Er möchte langsam in sie eindringen, sich in ihr versenken. Martas Haut, Martas Schlüsselbein, ihr Geschlecht, das nach Meer schmeckt, ihre Beckenkämme sind wie ein Barren, an dem er sich auf- und niederschwingt. Marta ist der Film, den er drehen möchte, der Film, den er sehen will. Koordination, Speichel, erstickte, sehnsüchtige, schamlose Worte, heißer Atem, Brustwarzen voller Leben, er kniend zwischen ihren Beinen … Dani kneift die Augen zusammen, um zu kommen. Wie oft haben sie die Glut zweier verschwitzter Körper erlebt, zweier Körper, die sich auch bei diesem feurigen Zwiegespräch großartig verstehen? Wann war die Zwiesprache so innig gewesen, dass daraus Leben entstand? Leben sollte nicht ungewollt beginnen, denkt er und zieht müde die Hand aus der Hose, in der sein überreizter Geist nichts wecken konnte. Bis vor wenigen Tagen passte er perfekt in die Statistik: Mann zwischen dreißig und vierzig, der in der Kategorie *Man Eating Pussy* sucht, aber heute straft er alle Statistiken Lügen, als er erschöpft auf seinem Bildschirm sämtliche Fenster schließt. Er dreht sich zur Tür um, räuspert sich und tippt in die Suchmaschine: *Neunte Schwangerschaftswoche*.

Er ist dabei eine Grenze zu überschreiten, das ist ihm klar. Seine Welt wird sich verändern, sobald er liest, dass in der neunten Woche auf der Höhe des Herzens kleine Händchen mit Fingern und Handgelenken erkennbar werden, dass sich längs der Körperachse Beine strecken und Füße mit Zehen erscheinen. Die Augen werden zum Teil schon durch Augenlider bedeckt, und die Ohrmuscheln sind bereits ausgebildet. Der Mund ist sichtbar und kann sich öffnen. *Dein Baby misst vom Scheitel bis zum Steißbein schon sechzehn bis achtzehn Millimeter und wiegt etwa drei Gramm. Es ist gut möglich, dass sich dein Baby in dieser Woche zum ersten Mal bewegt. Dein Baby ist bereits ein eigenständiges Wesen.* Sein Baby. Das sagt nicht er, sondern das blaue Licht des Bildschirms, das ihn von nun an in so vielen Nächten dazu verführen wird, jede einzelne Schwangerschaftswoche im Netz peinlich genau zu verfolgen. Er verspürt einen Anflug von Zärtlichkeit, Stolz und Beschützerinstinkt, beeilt sich aber, ihn zu unterdrücken. Er darf nicht besitzergreifend sein, diese drei Gramm Leben mit den Mini-Ohrmuscheln gehören nicht ihm, und die Entscheidung liegt nicht in seiner Hand. Dennoch wird ihm warm ums Herz. Die Schwangerschaft ist nicht mehr abstrakt, aus dem Fötus ist ein kleiner Mensch geworden. Egal, was nun kommt, für dieses Gefühl gibt es kein Zurück mehr. Das ist sicher.

Verwirrt holt er tief Luft. Er schließt den Browser, und auf dem Bildschirm erscheint wieder Selenas Text. Missmutig schreibt er einen Kommentar darunter: *Ich kann den Text nicht bewerten. Beschränke dich künftig auf die Aufgabenstellung.*

10

Zurück. Wünscht er sich mit einem Mal sehnlichst. Zurück zur Woche null. Warum auch nicht? Zurück zu dieser gesegneten Zeit, in der das Leben einfach war. Warum geht das nicht? Warum ist er nicht achtsamer, wenn die Dinge gerade super laufen. Warum muss erst was schiefgehen, bevor man Normalität zu schätzen lernt. Warum ist Normalität nicht gleichbedeutend mit Glück, mit Freude? Die Lebenschronik auf Instagram, sechs Stunden Schlaf, nachsehen, ob es am Sonntag regnet, Eintrittskarten kaufen, die Sonne ins Esszimmer lassen, die Miete bezahlen – eine absolut überzogene Miete, weil die Sonne ins Esszimmer scheint –, das Drehbuch pünktlich abliefern, sich eine Weile mit dem italienischen Nachbarn unterhalten, das Haschisch ausschlagen, das der einem unbedingt andrehen will, den Unterricht vorbereiten, beim Angebot von Langleinen-Seehecht für zwölf Euro neunzig pro Kilo zuschlagen, Annas Anruf aus Schweden, wo sich verschiedene Labors für die biomedizinische Forschung seiner Schwester interessieren, zum Friseur gehen, der ihm uninteressantes Zeug über Primavera Sound erzählt, den Führerschein verlängern, obwohl er noch immer kein Auto hat, keine Ahnung haben, was er bei den Kommunalwahlen wählen soll, aber enttäuscht und wütend wählen gehen, Rufus zum Tierarzt bringen, lügen, um anderen nicht auf die Füße zu treten, mittwochs mit Marc ein Bier trinken gehen, von hinten die Hände auf Martas Brüste legen, wenn sie beschäftigt ist, ihr Stoß mit dem Ellbogen, Lachen, die Fleischbällchen seiner Mutter, die lautmalerische Sprache, der Mief aus den Rohren, wenn es tagelang nicht geregnet hat, die schützende Dunkelheit eines Kinosaals und Martas Atem, wenn sie schläft. Das ganz normale Leben eben. Als hinge von all dieser absurden Zielstrebigkeit im Alltag irgendetwas Wichtiges ab. Das garantierte Gleichgewicht. Bequemlichkeit.

Hey, alles klar? Kommst du nächsten Samstag mit zum Skifahren? Ist ewig her. Sag Bescheid, wegen der Autos. In der Hoffnung, es sei Marta, greift er rasch zum Handy, als ein Tonsignal den Eingang einer Nachricht ankündigt. Doch als er sieht, dass sie von Arcadi ist, wirft er es mit einem wütenden Schnauben aufs Sofa. Das Wort *Skifahren* stößt eine Erinnerung an seine Studienzeit an, die so plötzlich erwacht wie ein schlafender Vulkan, auch wenn das Ganze lange her ist und sein längst vergilbtes Diplom, zusammen mit den Hallenfußballmedaillen und den Andenken an seine Erstkommunion, eingerahmt bei seiner Mutter hängt. *Skifahren* hat für ihn noch immer einen unangenehmen Klang. Dani mag Arcadi, doch er gehört für ihn zu der Sorte Freund, bei der er sich im Laufe der Jahre allmählich – wie bei einer Artischocke – von außen nach innen hat vorarbeiten müssen, um unter Arroganz und elitärem Gehabe ein edles Herz zu finden. Schon seit Jahren träumt er davon, ein Drehbuch zu schreiben, in dem es um Freunde geht, die sich in ihrer Jugend alles Mögliche reingepfiffen haben und in der Uni die Vollkatastrophe waren und dennoch nicht zu gescheiterten Existenzen am Rand der Gesellschaft geworden sind, sondern zu den Erfolgreichen gehören. Freunde, die den Sommer in den Wohnungen und Häusern ihrer Eltern an der Costa Brava ausklingen ließen, während er nach seiner Schicht als Kellner in der Bar eines Freundes von seinem Onkel das Familieneinkommen berechnete, um sich um Stipendien und Studienbeihilfen bewerben zu können.

Die klebrigen Tische, der Muff von schmutzigen Lappen, die benutzten Zahnstocher. Als Kellner war er schnell und effizient, er brauchte den Job, um etwas auf die hohe Kante legen zu können. Nur so konnte er am Wochenende ausgehen, Klamotten kaufen, die ihm gefielen, dem Gejammer seiner Mutter aus dem Weg gehen und sich von zu Hause absetzen. In der Bar plauderte er gern mit den Gästen. Die meisten waren Rentner und Pensionäre mit kleinen, zugedeckten Vogelkäfigen, die auf einen Schwatz und ein paar *Carajillos* in der Bar einkehrten, bevor sie ihre Vögel im Park in der Sonne singen ließen. Die alten Männer lieferten sich untereinander einen Wettstreit. Dani bekam mit, wie sie damit prahlten, dass sie die Zivilstreifen der Polizei erkennen würden, und wie sie leise, hinter vorgehaltener Hand über Aktionen der Guardia Civil redeten. Sie jagten wilde Vögel und brachten ihnen bei zu singen. Auf eine Art waren diese Männer glücklich. Sie hatten etwas von einer eingeschworenen Gemeinschaft, wenn sie sich dort ohne ihre Frauen, aber mit ihren gezähmten Vögeln trafen. In ihre faltigen Gesichter waren die Erinnerungen an ein hartes Leben, an Hunger, Auswanderung und die Sehnsucht nach der Heimat gegerbt, und ihre Runzeln und Krähenfüße verliehen ihnen eine Aura von Weisheit und die Gewissheit, niemandem mehr Rechenschaft schuldig zu sein.

Aber es gab auch die anderen, die stundenlang an der Bar oder vor den Spielautomaten hockten, mit nikotingelben Fingern eine Zigarette nach der anderen rauchten und schon am frühen Morgen ein Glas Cola-Rum in der Hand hatten. Sie wurden nur bei den Geräuschen der beiden Automaten in der Bar munter, als würden sie von einem Zufallsgenerator aktiviert. Das Surren der Walzen, die die Symbole drehten, ließ sie aufhorchen. Orange, Zitrone, Erdbeere, Glocke. Bei bestimmten Symbolkombinationen fielen mit lautem Geklimper Münzen herab, die die Männer mit dem leeren Blick und dem fettigen Haar ungerührt aufklaubten und wie entrückt abermals einwarfen. Die Männer mit den Vögeln und die an den einarmigen Banditen, die Verlierer, kamen einander nicht nahe. Als wollten erstere nicht auf die Seite der Verlierer geraten. Wenn jemand aufsteht und fällt, wieder aufsteht und vom Leben erneut umgeworfen wird, wieder und wieder und wieder, ist es verständlich, wenn er untätig wird, fest an die unendlichen Drehungen einer Walze glaubt und all seine Hoffnungen für die Zukunft auf eine Erdbeere, eine Zitrone, eine Orange und eine Glocke reduziert. Damals dachte Dani oft darüber nach. Wenn er die Männer anschaute, war ihm bewusst, welches Glück er hatte, dass es ihn bislang im Leben nicht umgehauen hatte. Er hatte keinen Vater gehabt, sondern eine Mutter, eine Großmutter, einen aufgepfropften Onkel und eine Schwester. Aber es gab nun mal Familien, die vollständig waren, und andere, die gezwungen waren, sich neu zu organisieren. Damals gab es dafür noch keine Begriffe wie *Ein-Eltern-Familie* oder *dysfunktional*, aber man spürte natürlich, dass einem die Etiketten *Witwe* und *Waisen* auf der Stirn klebten und dass man den Stürmen des Lebens ganz anders ausgeliefert war. Manchmal blies der Wind heftiger, man weinte, hatte Angst, Ärger in der Schule und Wut, dann wiederum gab es hellere Momente, in denen der Wind zu einer leichten Brise wurde. Dani hatte früh begriffen, dass nur er selbst für sein Leben verantwortlich war. Deshalb hatte er sich verpflichtet gefühlt, den Frauen, die ihn großgezogen hatten, etwas Besseres zu bieten als seinen Kellnerjob in der Bar. Als junger Mann hatte er den sehnlichen Wunsch, sie stolz zu machen und ihnen zu zeigen, dass er es mit allem aufnehmen konnte, wenn er nur wollte.

Sein erstes Jahr an der Universität war wie ein Beben, das seine Welt neu ordnete. Auf einmal schien ihm ein anderes, freieres Leben möglich. Er las Texte, die ihn geistig herausforderten. Er besuchte die ersten richtigen Partys, diskutierte mit Professoren. Ein Kontrast zu dem harten, bußfertigen Leben, das seine Mutter ihm vorgelebt hatte. Er konnte das Leben in die eigene Hand nehmen, wenn er nur wollte. Also arbeitete er als Call-Center-Agent oder Zusteller, egal was, Hauptsache, er konnte weiter studieren. Dann traf er auf eine Clique von Freunden. Verblüfft erkannte er, dass es von einem Menschen mehrere Versionen geben konnte, je nachdem, welchen Einflüssen er ausgesetzt war. Dani wollte sein wie sie, kopierte selbst ihr Mienenspiel und ihre Art, sich zu bewegen. Er begriff, wie behütet die anderen waren. Dinge, die ihm zu schaffen machten, tangierten sie nicht. Doch er hatte auch das große Glück, von der irrwitzigen Konkurrenz, die zwischen ihnen herrschte, und ihrem Bedürfnis, ihren Reichtum zur Schau zu stellen, ausgenommen zu sein. Wenn er mit ihnen zusammen war, riss er oft Witze auf eigene Kosten, um ihnen zu gefallen. Den Humor, mit dem er heute seinen Lebensunterhalt verdient, setzte er damals gegen sich selbst ein, um dazuzugehören. Die Uni war für ihn die große Chance, *tabula rasa* zu machen und sich eine neue Identität zuzulegen. Und wenn es ihm gelang, die Höhe des Einkommens oder die soziale Herkunft auszublenden, kam er seinem Idealbild von dem, der er sein wollte, ziemlich nahe.

Er studierte Audiovisuelle Kommunikation. Damals dachten sie noch, nach Abschluss ihres Studiums würde man sich um sie reißen. Marc und er gehörten zu den Studenten mit den besten Noten. Interessanterweise waren sie zugleich die Einzigen in ihrer Clique, die nicht mit einem goldenen Löffel im Mund geboren waren.

Nach vier Jahren Studium folgte der Abschluss. Mit dem Diplom in der Hand und streng gescheitelter Frisur klopften sie an viele Türen, aber es gab einfach keine Arbeit. Sie ließen sich von der allgemeinen Stimmungslage nicht herunterziehen, und doch gingen Monate ohne eine einzige Chance ins Land. Schließlich fingen sie als Verkäufer für Bücher und Platten bei FNAC an. Drei ganze Jahre blieben sie dort und suchten weiter erfolglos nach einer anderen Stelle. Sooft es ging, zockten sie aus dem Laden Musik-CDs und Bücher über das Kino ab. Sie brauchten bloß eine Ecke der quadratischen Aufkleber abzuschneiden, auf deren Rückseite sich der metallicblaue Kontakt befand, und schon war der Diebstahlschutz unterbrochen. Ihre kleine persönliche Rache an den Zuständen. Ein Verdacht fiel niemals auf sie. Außerdem waren sie platonisch in Maggie aus der Elektronikabteilung verliebt. Sie war Irin und hatte ein weißes, wogendes, mit winzigen Sommersprossen übersätes Dekolleté. Sie studierte Hispanistik an der Central. Zuerst war Marc mit ihr zusammen, und ein paar Monate später Dani. Für keinen der drei war das ein Problem.

Wenn sie sich in einer Bar in der Carrer Santaló mit ihren Freunden trafen, fühlte Dani sich wie ein Fisch auf dem Trockenen. Es war ihm ein Gräuel, wenn sie Vorbereitungen für Fahrten in den Schnee trafen. Anscheinend hatten die anderen schon Skifahren gelernt, bevor sie laufen konnten. Sie hatten eine besondere Art, *Skipass* zu sagen oder sich in den Skiklamotten zu bewegen, als wären sie eine zweite Haut. Dani hingegen konnte in den Stiefeln und der Kleidung, die er sich zusammengeliehen hatte, kaum laufen und kam sich vor wie ein tumber Arktisforscher. *Bei deinem Aufzug wird man ja farbenblind, mein Lieber*, sagte Arcadi einmal an der Talstation zu ihm, und alle hatten gelacht. Er konterte zwar irgendwie, aber innerlich verfluchte er sie. Dani hasste Arcadi für die Demütigungen, wünschte sich für ihn eine Lawine herbei. Doch wenn sie eine Weile herumalberten, schlossen sich die Risse wieder. Arcadi war manchmal geradezu unverschämt arrogant, aber alles in allem ein witziger und loyaler Typ. Und außerdem hatte Dani ja Marc, den Sohn einer Bauersfamilie aus Olot. Er war ein verrückter Anarchist, der ihn zu Dingen verleitete, die er alter Langweiler sich nie getraut hätte. Seine Freunde sorgten dafür, dass es in seinem Leben an Spaß, Mädchen, Partys und Alkohol nicht mangelte. Die Erfüllung fast aller jugendlicher Männerfantasien. Und am Ende überdeckte die Macht der Freundschaft die Arroganz der Freunde.

Wie viele Jahre sind seither vergangen? Die, die von ihnen noch keine Kinder haben, sind jung genug, um mehr vom Leben zu erwarten, wenn sie umringt von Bierdosen auf der PlayStation spielen, und alt genug, um zu verstehen, dass es eine nie endende Herausforderung ist, Produktivität und Hedonismus elegant unter einen Hut zu bekommen.

Ich passe, ich muss arbeiten. Beim nächsten Mal!, schreibt er achtlos. Arcadi kann ihm im Moment gestohlen bleiben.

Kurz darauf erhält er zwei Nachrichten von Marta.

Dani, sorry wegen vorhin. Ich weiß nicht, was mich geritten hat.

Ich komme heute Nacht nicht nach Hause. Ich muss nachdenken. Geh mit Rufus raus, ja? Wir reden morgen.

Blitzschnell tippt er: *Bitte, komm, ich verspreche, ich rühre das Thema nicht an, wenn es das ist, was du willst.* Er löscht die Nachricht. Marta steht nicht auf Dramen. Er muss seine Worte abwägen, um sie nicht damit zu erschrecken, wie sehr ihm das Ganze unter den Nägeln brennt, also schreibt er: *Wo bist du? Wenn du willst, kann ich dich abholen*. Wieder löscht er es. Marta kann Abhängigkeit nicht leiden. Er muss sich konzentrieren, weil er sich keine Blöße geben will. Und anstatt sie noch weiter wegzustoßen, möchte er mit jedem Wort versuchen, sie zu sich zu locken. Daher schreibt er: *Marta, können wir wie Erwachsene miteinander reden?* Aber auch das löscht er. Es gibt nichts zu bereden. *Ich bin schwanger. Und ich will das Kind nicht bekommen.* Er versucht es mit einem Schimpfwort und einem vulgären Spruch, um Autorität zu demonstrieren, aber auch das löscht er und schreibt am Ende nur: *War schon mit Rufus draußen. Ein Kuss von meiner Mutter. Ruh dich aus.* Er hinterfragt jedes Wort und hofft, dass die Nachricht möglichst neutral klingt. Marta soll denken, er sei mit etwas anderem beschäftigt und habe den Vorfall vom Morgen längst vergessen. Erst als er die Nachricht abgeschickt hat, merkt er, dass er auf das falsche Emoji getippt hat. Statt des Kuss-Emojis hat er ihr eins geschickt, dem vor Lachen die Tränen aus den Augen spritzen. Wütend haut er dreimal mit voller Wucht gegen die Wand, auf deren anderer Seite sich gleich darauf eine von den Ziegeln gedämpfte Stimme in einer Sprache beschwert, die er nicht versteht. Er holt die Flasche mit dem Rest von dem Weißwein, den er immer zum Kochen verwendet, aus dem Kühlschrank, leert sie auf ex und wischt sich mit dem Ärmel über den Mund. Als er die Kühlschranktür schließt, fällt sein Blick auf eine Postkarte, die von einem Magneten gehalten wird. Es ist ein Schwarz-Weiß-Foto von Buster Keaton mit der Aufschrift: *Humor? Ich weiß nicht, was Humor ist. Im Grunde alles, was lustig ist. Eine Tragödie, zum Beispiel.*

11

Der Winter hat Barcelona fest im Griff. Am frühen Abend wimmelt es in den Straßen von Eixample vor hastig dahineilenden Menschen und hupenden Autos auf dem Weg nach Hause. Die Tage sind kurz, und ein kalter Wind vertreibt die Passanten in ihre Häuser wie ein übereifriger Wächter. Als Dani die Metrostation Provença verlässt, sieht er auf der Straße einen Bettler. Grübelnd setzt er seinen Weg fort, dreht dann aber um und wirft ihm ein paar Münzen in den Pappbecher. Marta hat die Situation offenbar unter Kontrolle, und das wurmt ihn. Sie hat ihn bei einer derart wichtigen Entscheidung einfach außen vor gelassen.

Die Fußgängerampel springt auf Rot um. Dani schnalzt unwillig mit der Zunge. Er will nicht zu spät zu dem Treffen mit Clara kommen, die ihm vorhin eine Nachricht geschickt hat, dass sie ihn sehen will. Es würde nicht lange dauern, aber sie müsse so bald wie möglich mit ihm reden. Dani hat ein ungutes Gefühl. Offenbar will im Leben gerade nichts rund laufen. Unsicher fragt er sich, was hinter der Nachricht stecken mag, und seine innere Unruhe steigert sich.

An der Ampel stellen sich plötzlich drei junge Mütter neben ihn. Die dazugehörigen Kinder in warmen Mänteln und mit Rucksäcken zappeln, albern und juchzen. Die drei Mütter unterhalten sich unterdes gelassen. Dani möchte sich diese Szene einprägen. Die Kinder heben sich vor dem Lichterteppich der Scheinwerfer ab. Vielleicht kommen sie gerade vom Ballett, vom Englischunterricht oder vom Schwimmen. Bislang hat er Kindern nie sonderlich Beachtung geschenkt. Er ist ihnen begegnet, aber wirklich wahrgenommen hat er sie nicht. Doch mit einem Mal sieht er sie überall, ihre bunten Kapuzenanoraks springen ihm förmlich ins Auge. Ist das so, weil er sich zum ersten Mal fragt, wie es wäre, Vater zu werden? Wie gebannt blickt er in ihre sommersprossigen Gesichter mit den Zahnlücken und den blitzenden, schelmischen Augen, er lauscht ihren Scherzen und ihrem Lachen. Als die Ampel auf Grün umspringt, nehmen die Mütter sie rasch an der Hand und eilen einem der Kleinen hinterher, der über die weißen Zebrastreifen hüpft. Dani schaut ihnen nach, als sie sich die Straße hinunter entfernen. Warum musste er diese Szene gerade jetzt, in seiner Lage beobachten, fragt er sich.

Clara hat ihn ins *Les Gens Que J'aime* zitiert, zu dem eine Treppe ins Halbsouterrain hinabführt. Dani kämmt sich rasch mit den Fingern durchs Haar. Clara ist bereits da. Sie sitzt ungezwungen auf einem roten Samtsofa und wirkt, als gehörte sie zum Inventar des Pubs. Anstelle der Seidenbluse von neulich trägt sie nun einen lilafarbenen Angora-Pulli und eine auf alt getrimmte Jeans. Das Licht ihres Handydisplays strahlt ihr ins Gesicht, als sie sich darüber beugt. Dani krampft sich der Magen zusammen, er wappnet sich für das, was ihn vielleicht erwartet. Ihm gehen zig Filmszenen durch den Kopf, in denen der Protagonist nach der Kündigung von dannen zieht wie ein geprügelter Hund, einen Pappkarton mit einem Bilderrahmen und dem Stiftehalter unter dem Arm. Sollte sich Marta am Ende doch für das Kind entscheiden, würde er die Vaterschaft gleich mal als Erwerbsloser, als Verlierer antreten.

»Dani! Wie geht's?«

Claras Winken holt ihn in die Realität zurück. Als er zu ihr geht, klopft ihm das Herz bis in den Hals. Sie begrüßt ihn mit zwei Küssen. Die freundschaftliche Geste überrascht ihn. Ist das wirklich die Frau, mit der er noch am Morgen telefoniert hat?

»Ich habe mir einen Cocktail bestellt. Die sind hier echt gut. Was möchtest du?«

Er zögert. Man lädt doch einen Mitarbeiter, dem man vorhat, das ganze Leben zu versauen, nicht auf einen Cocktail ein. Dass sie so zynisch ist, glaubt er nicht.

»Dasselbe wie du.«

Als Clara zur Bar geht, sieht er ihr misstrauisch nach. Weiter hinten im Lokal legt eine Frau an einem Tisch einem Mädchen die Karten. Die Bar hat einen geheimnisvollen Touch von Boheme.

»Er kommt gleich.« Clara nimmt Platz und klopft ihm mütterlich auf die Hand. »Danke, dass du es dir einrichten konntest.«

Schweigend zieht er seine Hand weg und sucht in ihrer Miene nach einem Hinweis auf das, was auf ihn zukommt.

»Ich muss mich bei dir entschuldigen, Dani. Ich habe mich vorhin am Telefon im Ton vergriffen.«

Er lehnt sich zurück und sieht sie verwirrt an. Mit allem hat er gerechnet, aber nicht mit einer Entschuldigung. Als seine Anspannung nachlässt, ist er froh über das gedämpfte Licht und die persönliche Atmosphäre in der Bar. An den Wänden hängen Poster und Fotos von Godard, und es erklingt leise Jazzmusik. Clara redet wie ein Wasserfall. Sie erzählt ihm, wie sehr sie unter Druck steht, weil sie dem Produzenten und dem Regisseur jede Woche Rede und Antwort stehen muss. Kurz vor ihrem Anruf am Morgen habe man ihr die halbe Story Line über den Haufen geworfen, weil mehr als elf echte Außenaufnahmen das Budget sprengen würden. Düsseldorf könne er vergessen, und dasselbe gelte auch für Berlin, allenfalls eine Szene am Flughafen sei drin und ein paar Außenaufnahmen in Kulissen. Nach so vielen Jahren Erfahrung mit Drehbüchern habe sie allmählich die Nase voll davon, sich immer noch anhören zu müssen, dass es *kein Budget* gäbe. Controlling, da gehe es bekanntermaßen vor allem um Zahlen, wäre wohl die bessere Berufswahl für sie gewesen.

»Es ist alles ein einziger Mist, du siehst es ja selbst.« Sie nimmt ihr Glas und trinkt den Cocktail fast in einem Zug. »Aber das gibt mir noch lange nicht das Recht, andere runterzuputzen. Es tut mir wirklich leid, was ich gesagt habe, und vor allem, wie ich es gesagt habe.«

Sie sehen sich an, und als sie beide im gleichen Moment erleichtert durchatmen, müssen sie lachen.

»Na ja, ich habe mich auch nicht gerade mit Ruhm bekleckert. Entschuldigung angenommen.«

Dani hebt sein Glas. Schweigend lauschen sie ihren Worten nach.

»Controlling?«

Clara wirft den Kopf in den Nacken und lacht. Es ist ein heiseres, leises Lachen, verführerisch. Sie trägt ihr Haar offen und schüttelt es hin und wieder, als wäre das ein Tick von ihr. Die vollen Lippen lenken Dani von den unregelmäßigen Zahnreihen ab.

»Mein Vater war Honorarprofessor für angewandte Mathematik. Es war sein großer Traum, dass ich in seine Fußstapfen trete. Du kannst mir glauben, es vergeht kein Weihnachtsessen, bei dem er mir keine Vorhaltungen macht. Controlling wäre ein Kompromiss gewesen.«

Er runzelt die Stirn. Ein Vater. Für ein Kind muss es sich beruhigend anfühlen, väterliche Hoffnungen und Wünsche zu erfüllen. Ein echter, greifbarer Mensch, ein Vater, der etwas von einem erwartet.

»Und wir befassen uns mit Fiktion. Im Vergleich zur Wissenschaft klingt das tatsächlich ein wenig lächerlich.«

»Sag das nicht.« Clara schüttelt energisch den Kopf und schiebt die Ärmel hoch. Sie hat auffallend zarte Handgelenke. »Das, was wir tun, ist wichtig! Wir bieten Fluchträume, wir erfüllen Träume und Hoffnungen. Einsame Menschen finden in Filmen und Serien Gesellschaft, meinst du nicht? Ich denke beim Schreiben immer an die Zuschauer und möchte, dass ihnen die Protagonisten so nahe stehen wie Freunde oder Familie.«

»Glück zum Greifen nah, und noch dazu praktisch kostenlos«, sagt Dani.

»Genau! Ich liebe unsere Arbeit.«

Clara sucht seinen Blick, als wollte sie ihn davon überzeugen, dass die Sache vorhin am Telefon wirklich nicht typisch für sie ist. Er empfindet plötzlich eine Seelenverwandtschaft mit dieser fast Fremden, und da er das, was ihn mit ihr verbindet, nicht in Worte fassen kann, klatscht er lautlos in die Hände. Zuerst kommt er sich lächerlich vor, aber Clara bemerkt es anscheinend nicht mal. Stattdessen räsoniert sie munter weiter, sie sei von klein auf vom Film besessen, ohne Filmwelten würde der Menschheit etwas fehlen.

Sie unterhalten sich so angeregt, dass sie nicht merken, wie die Zeit vergeht. Überrascht stellen sie fest, dass es jenseits ihrer beruflichen Zusammenarbeit durchaus Gemeinsamkeiten gibt, und sie scherzen über die Unterschiede zwischen ihnen. Wieder fällt Dani das Wort Seelenverwandtschaft ein. Für eine Weile gelingt es ihm, diesen schwierigen Tag auszublenden. Sie haben beide das angenehme Gefühl, im jeweils anderen einen möglichen Freund, eine Freundin gefunden zu haben. Mit einem tiefen Seufzer erklärt Clara, die Welt sei absurd, und versucht vergeblich, die Kirsche aus ihrem Cocktailglas zu fischen. Als es ihr schließlich gelingt, knabbert sie daran, ohne ihren Redefluss zu unterbrechen.

»Wir Erwachsenen werden immer kindischer, meinst du nicht auch? Wir verwenden Produkte für Jugendliche, während ihr jungen Leute euch die ganze Zeit Sorgen macht und an … Ach, ich weiß auch nicht …« Sie sieht ihn ratlos an.

Er findet sie bezaubernd.

»›Ihr jungen Leute‹? Aber so groß ist der Altersunterschied zwischen uns doch gar nicht!«, flirtet Dani.

Lachend verdreht Clara die Augen, wie jemand, der Wahrheiten kennt, von denen er Jungspund keinen blassen

Schimmer hat. Sie sei neunundvierzig und habe drei Kinder. Zwei Mädchen und einen Jungen, sagt sie und streckt drei Finger in die Luft. Fünfzehn, zehn und vier.

»Der Letzte war nicht mehr geplant. Und Achtung, Trommelwirbel: Ich habe mich genau heute vor einer Woche von meinem Mann getrennt.«

Sie lächelt gepresst und trinkt ihr Glas leer, ohne Dani anzuschauen.

»Das tut mir leid.«

»Das muss es nicht. Ich habe ihn verlassen. Ich habe mich Hals über Kopf in eine Frau verliebt, von der ich nur den Namen kenne.«

»Verdammt, Clara! Das klingt ganz danach, dass wir zusammen eine Sitcom über dein Leben schreiben sollten!«

»Na hör mal. Sei nicht so spießig. Siehst du, wie stockkonservativ ihr jungen Leute seid? Das bei mir ist doch eher Neunziger und längst überholt.«

Sie müssen beide lachen. Dani merkt, wie er sich innerlich entspannt, er braucht sich nicht ins Zeug zu legen, seine Verführungstaktik wird sie kaltlassen. Schon im nächsten Augenblick ist ihm der Gedanke peinlich.

»Mit dreißig …«, sagt sie und zeigt auf ihn, »sagst du dir, dass du irgendwann ein oder vielleicht auch zwei Sabbatjahre nimmst und nach San Francisco und Mexiko ziehst. Du denkst, du hättest dein Leben im Griff. Du würdest mit der Zeit vielleicht ein Buch schreiben, auf Partys gehen, gute Freunde finden, aber dann bist du plötzlich neunundvierzig und warst nirgendwo. Partys? Klar, die Geburtstage meiner Kinder, die ich wahnsinnig liebe, aber die manchmal wahre Kletten sein können. Und dann sind da noch die verdammten Diäten. Ich weigere mich, eine andere Kleidergröße zu tragen.«

»Aber du siehst doch toll aus.«

Sie zieht eine Grimasse und winkt ab.

»Weißt du, was dann passiert? Plötzlich stellst du fest, dass du zwar tagsüber noch immer mit einem Mann verheiratet bist, aber jede Nacht von einer Frau träumst, die du aus dem Fitnessstudio kennst.« Unwillkürlich entfährt Clara ein romantischer Seufzer, doch sie fängt sich rasch wieder. »Worauf ich eigentlich hinauswill: Das Gefühl, dass noch irgendetwas anderes kommen muss, wird man nie los. Verstehst du?«

Er weiß sofort, was sie meint. Das Gefühl, vom Leben betrogen zu werden, und die Angst, nur noch armselige Varianten von bereits Bekanntem zu erleben, hat nichts mit dem Alter zu tun. Während er Clara zuhört, entsteht für Dani das Bild von einer liebevollen Mutter, einer Wohnung, in der Schuhe und Legosteine herumliegen und wo die Waschmaschine sich pausenlos dreht. Er stellt sie sich vor, wie sie nachts mit Hornbrille, im Schlabbershirt und ohne BH, vor ihrem Computer sitzt und arbeitet, während die Kinder schlafen. Wie sie verwirrt an die Frau aus der Umkleide im Fitnessstudio denken muss, deren sinnliche Venusgrübchen im unteren Rücken sie unter der Dusche gesehen hat. Wie sie müde und glücklich inmitten des Familienchaos dasitzt und schreibt. Das private Bild, das Dani von Clara entwirft, ist das glatte Gegenteil dessen, was sie von sich in der Öffentlichkeit zeigt. Es hat ihn schon immer beeindruckt, wie viele Facetten Frauen besitzen.

»Gut möglich, dass sie mich nie beachten wird, aber man muss den Sprung ohne Netz und doppelten Boden wagen, nicht wahr? Es reicht, habe ich zu mir gesagt. Bevor es zu spät ist.«

Claras Mut erschreckt ihn. Auf einmal ist der Wust an ungelösten Fragen wieder da, den er für eine Weile zur Seite schieben konnte. Sie spricht über Entscheidungen. Welche Entscheidung bei ihm ansteht, ist klar. Er verspürt eine bislang ungekannte Sehnsucht, die Abwesenheit seines Vaters, die sein Leben geprägt hat, durch eine Zukunft mit eigenem Nachwuchs auszugleichen. Logisch, dass ihm das Ganze so viel bedeutet.

Gedankenverloren starrt er ins Leere. Als Clara erzählt hat, ihr Vater sei Mathematiker, hätte er gern von seinem Vater erzählt, aber dann wäre das Gespräch schnell auf seine Krankheit und das frühe Ableben gekommen. Und über das, was ihm wirklich unter den Nägeln brennt, die Schwangerschaft, kann er nicht mit ihr sprechen. Er beschließt, Claras Offenheit nicht zu erwidern und wenig Privates zu offenbaren. Alles zu kompliziert im Augenblick. Also spricht er von der Arbeit. Ihm würde die neue Grafik in der Serie nicht gefallen, sagt er und hält ihr irgendwelche Textchen vor, die als Nachrichten auf den Handys der Figuren oder Bilder der Webcams im Filmbild erscheinen. Jedes Thema ist ihm recht, wenn er sich nur aus der Affäre ziehen kann.

»Ich kann ja verstehen, dass die Produktionsfirma es hip aussehen lassen will, aber mich nerven die vielen Grafiken. Findest du nicht auch, dass das schon bald Schnee von gestern ist?«

»Schon möglich«, sagt Clara und nickt. »Das notiere ich mir. Ja, vielleicht hast du wirklich recht.«

Sie geht auf sein Ausweichmanöver ein. Ihre weibliche Intuition hat ihr gleich gesagt, dass dem Mann nicht Berlin auf der Seele liegt, sondern etwas anderes, über das er sich ausschweigt. Sie will ihm nicht zu nahe treten, würde ihm aber gern mitgeben, dass sich mit den Jahren die Perspektive aufs eigene Leben verändert. Doch sie verwirft den Gedanken und macht Dani stattdessen mit einem Nicken auf die mysteriöse Frau in der Ecke aufmerksam, die gerade einem Paar aus der Hand liest.

»Traust du dich?«, fragt sie provozierend.

»Glaub mir: Wenn die Frau mir die Karten legen oder aus meiner Hand lesen würde, bekäme sie einen Schock fürs Leben.«

Er ist Clara für ihr warmes Lachen dankbar, dafür, dass sie keine Fragen stellt. Und obwohl er noch nie etwas mit diesem Esoterikkram anfangen konnte und ihm die Vorstellung, sich die Zukunft weissagen zu lassen, nicht behagt, sieht er sie an und sagt mit einem finsteren Lächeln, sie solle auf ihn warten.

Weder Aberglaube noch emotionale Überforderung treiben ihn zu der Wahrsagerin. Wie so viele hat er Angst vor der Ungewissheit des Lebens.

12

Schlaftrunken öffnet Marc die Wohnungstür. Er schaut auf die Uhr und erinnert Dani daran, dass sie sich eigentlich wie üblich am Mittwochabend treffen wollten.

»Ist alles in Ordnung?«

Anstelle einer Antwort schnaubt Dani vielsagend und schiebt sich, in die kalten Hände pustend, in die Wohnung. Der Flur, von dem beiderseits Zimmer, die Küche und das Bad abgehen, ist lang und dunkel und endet in einem Raum mit einem verglasten Erker, der auf die Carrer Mallorca hinausgeht. Marc zahlt inzwischen dreimal so viel dafür wie vor fünf Jahren, als er die Wohnung mit Sara gemietet hat, aber er nimmt es resigniert hin. Sein Verdienst bei der Produktionsfirma, für die er mittlerweile arbeitet, ist praktisch unverändert geblieben. Mit zwei Gehältern und ohne Kinder kamen Sara und er über die Runden, konnten aber nie etwas auf die hohe Kante legen. Nach der Trennung hat er sich widerwillig entschlossen, Zimmer unterzuvermieten, auch wenn es ihm widerstrebt, nur einen Quadratmeter ihrer gemeinsamen Geschichte preiszugeben. Daher betreibt er seine Suche nach Untermietern nicht mit allzu großem Nachdruck. Es ist schwer, Fremde in die Wohnung zu holen, wenn das Herz noch an der Frau hängt, die dort gelebt hat.

»Ich brauche was zu trinken.«

»Es ist elf Uhr, arschkalt, und außerdem war ich schon im Bett, Mann. Warum hast du nicht Bescheid gesagt, dass du kommst?«

Aber dabei belässt er es. Dani und ihn verbindet ein Ehrenkodex, der ihnen das Recht zubilligt, zu ihren Ängsten und Zweifeln zu stehen, die sie sich vor den anderen Männern ihrer Clique verkneifen. Sie müssen voreinander nicht die Nackenschläge des Schicksals beschönigen, sie müssen nichts verheimlichen oder herunterspielen, um ihre Männlichkeit zu beweisen. In ihrer Freundschaft gibt es genug Raum für das Eingeständnis, dass sie nicht unfehlbar sind.

Dani nimmt sich ein Bier aus dem Kühlschrank und wartet auf dem Sofa, während sich sein Freund anzieht. Sein Blick fällt auf das Foto von Marcs Eltern vor ihrem kleinen Schweinezuchtbetrieb im Vall d'en Bas. Neben dem Jimi-Hendrix-Poster wirkt das gerahmte Bild ziemlich kitschig. Inzwischen gilt der Hof als »Biohof«, aber als Dani während seines Studiums manches Wochenende dort verbrachte, bestand er nur aus einem abgelegenen, alten Haus mit zwei Ställen und einer kleinen Jauchegrube inmitten von Weideflächen. Marcs Eltern halten ein paar Schweine und widmen sich ansonsten der Produktion von Futtermitteln und Trockenmais. Sie sind lange für das Studium und den Mietanteil seines Freundes in der Studenten-WG in Barcelona aufgekommen, auch wenn sie davon wenig angetan waren. Vielleicht bauten sie wider besseres

Wissen darauf, dass ihre Kinder es nach dem Besuch einer Universität einmal besser haben würden als sie selbst, als wäre ein Studium eine Art Versicherung, die ein Leben in Wohlstand garantiert. Mittlerweile beschränkt sich der Kontakt auf Anrufe und gelegentliche Anstandsbesuche zu den Feiertagen oder im Sommer. Dabei hatten sie bei der Geburt ihres Sohnes noch gehofft, mit dem Stammhalter sei der Fortbestand des Hofes mitsamt der umliegenden Ländereien gesichert, doch wenn der Erbe die ihm vorgezeichnete Zukunft ausschlägt, wird die Liebe dürr.

Auf dem Bild schauen Marcs Eltern in die Kamera, als wäre es eine Strafe, sich fotografieren zu lassen. Man sieht ihnen die bäuerliche Welt an, in der sie leben. Ihre Hände sind rot vom Zerlegen des Fleisches und dem Hantieren mit großen Kesseln, in denen Wurst gemacht oder Marmelade gekocht wird, und in ihre müden Gesichter haben sich die langen Arbeitstage von Sonnenauf- bis Sonnenuntergang tief eingegraben. Die Wangen seiner Mutter sind vom schneidenden Winterwind gerötet, unsicher klammert sie sich an die Schürze. Die Miene des Vaters lässt keinen Zweifel daran aufkommen, dass er das Posieren für ein Foto als Zeitverschwendung erachtet.

Dani trinkt einen Schluck Bier und grinst. Zwar ist das Foto an sich nicht lustig, aber bei der Erinnerung, wie sie alle zusammen über die Feiertage nach Olot gefahren sind, verschluckt er sich. Sie hatten sich bei Marc einquartiert, der mit dem Mofa seines Vaters herumgurkte, während sie in Arcadis Auto herumfuhren. Das Mofa war ein Relikt aus vorsintflutlichen Zeiten. Schon etliche Male restauriert, aber zuverlässig. Marc sagte immer, dass sein Vater das Mofa mehr liebte als ihn, und wirkte dabei nicht, als würde er scherzen. Wahrscheinlich war tatsächlich etwas Wahres dran. Damals parkten sie den Wagen ein Stück vom Hof entfernt, weil sie keinen Lärm machen wollten, und warteten auf Marc, um mit ihm gemeinsam ins Haus zu gehen. Sie waren alle betrunken und ziemlich bekifft. Marc kam langsam auf dem Feldweg angefahren. Sein Helm hing an seinem Arm wie ein Korb. Im Auto schlugen sie lachend die Hände über dem Kopf zusammen, als sie seine Schlangenlinien bemerkten. Sie blinkten ihn mit der Lichthupe an, aber er ignorierte sie und tuckerte langsam am Wagen vorüber, ohne sie zu beachten. Ein paar Meter weiter krachte er dann gegen den Stamm der alten Eiche. Das laute Scheppern musste wohl seinen Vater geweckt haben, der wie der Blitz aus dem Haus geschossen kam. Das Vorderrad des Mofas drehte sich noch, und der Scheinwerfer tauchte den Baum in grelles Licht. Sie sprangen aus dem Auto, um Marc zu Hilfe zu eilen. Doch der Vater stützte bereits Marcs Kopf, was bei diesem rauen Mann im Feinrippunterhemd, der morgens ein rohes Eigelb und ein Glas Wein frühstückte, fremd und gezwungen wirkte. Marc hatte nur eine leichte Platzwunde an der Stirn und summte kichernd ein betrunkenes Liedchen vor sich hin. Sein Vater betrachtete ihn voller Abscheu, wandte seinen Blick missbilligend zu den anderen und sagte erbost: *Da hat man doch lieber Schweine!*

Der Sommer war ein Gemütszustand, eine Aneinanderreihung von Anekdoten eines ungezwungenen Lebens, in dem man sich die Zeit mit allerlei Unfug vertrieb und in dem Zweifel wie die, die ihn heute Abend plagen und die er seinem Freund erzählen will, keinen Platz hatten. Nichts kommt an jene herrlichen Jahre heran, in denen man das Leben mit jeder Faser seines Herzens liebt und diese Liebe erwidert wird.

Auf der Straße schlägt ihnen die Kälte entgegen, und sie eilen zu dem Irish Pub, in dem sie sich jeden Mittwoch treffen. Die Kellnerin fragt sie zur Begrüßung, was sie denn heute hierher verschlagen hat. Lachend bestellen sie Bier, was sie wie immer mit einem koketten Augenaufschlag quittiert. Sie stammt aus Martinique und hat eine Haut wie Ebenholz und das Haar zu Afro-Zöpfchen geflochten. Und ihr Po ist atemberaubend. Weiter hinten im Lokal sitzen ein Paar und ein paar junge Managertypen, Anwälte vielleicht, die sich bei ihrer angeregten Unterhaltung den Krawattenknoten lockern.

»Was hast du, Mann? Du siehst ja schlimmer aus als ich!«

Dani senkt den Blick. Er weiß nicht, wo er anfangen soll. Vielleicht ist es eine Reaktion auf Claras Offenherzigkeit vorhin, aber er hat den Wunsch, sich Marc anzuvertrauen. Auf dem Weg zu ihm hat er wieder und wieder Martas Nachricht gelesen. *Ich muss nachdenken.* Er möchte aus diesen Worten etwas Hoffnungsvolles herauslesen, sie als Einladung verstehen, sich vorzustellen, dass sie den Termin am Mittwoch absagen und der Schwangerschaft eine Chance geben könnten. So deutet er mittlerweile auch ihr Schweigen und verspürt ein drängendes Bedürfnis nach Bestätigung. Er würde Marc gern sagen, dass er vielleicht Vater werden will, lässt aber stattdessen zweifelnd den Bierdeckel kreisen. Schließlich gibt er sich betont cool.

»Bloß die Arbeit.«

»Deine neue Chefin?«

»Sie hat mich heute angerufen, damit ich eine Entscheidung über einen Drehort rückgängig mache, und ich habe mich aufgeführt wie ein Freak.«

»Du bist ein Freak, Dani. Ohne Wenn und Aber«, erwidert Marc und haut ihm mit der Faust auf die Schulter. »Komm, darauf trinken wir.«

Dani hebt den Krug mit dem dunklen Bier und der hellen Schaumkrone und heuchelt ein Lächeln. Mit einem Mal findet er alles wahnsinnig anstrengend. Sie trinken schweigend, aber nachdem sie einander in so vielen gemeinsamen Jahren das Herz ausgeschüttet haben, kennen sie einander gut genug, um Ausreden zu erkennen.

»Ey, Alter. Was ist los?«

»Es geht um Marta.«

»Sag bloß nicht, ihr auch.«

»Nein, nein. Bei uns ist alles okay.« Dani stockt, um über seine Worte nachzudenken. Bei ihnen ist alles okay. Das ist es doch, oder? Er hat das Gefühl, alles sei ein Riesenmissverständnis. »Sie ist schwanger.«

In Marcs überraschtem Gesicht zeigt sich aufrichtige Freude. Er gratuliert ihm und ruft der Kellnerin zu: *Noch eine Runde, auf mich! Ich werde Onkel, Camila!* Wie immer, wenn er von Gefühlen übermannt wird, verfällt er automatisch in den Tonfall seiner Heimat in der nordkatalanischen Garrotxa, obwohl er ihn sich im Laufe der Jahre abgewöhnt hat, weil er ihn für bäuerlich hält. Dani bremst ihn mit einer Geste.

Doch Marc schaut ihm tief in die Augen und wiederholt lächelnd: *Also machst du mich echt zum Onkel, Alter!* Er lässt sich die Freude, die Dani sich nicht zugestehen kann, partout nicht ausreden. Dani beneidet seinen Freund darum, mit welcher Leichtigkeit er seiner Freude über ein Kind freien Lauf lassen kann. Er weiß es noch nicht, aber in den kommenden Nächten wird er sich voller Wärme an die Reaktion seines Freundes erinnern.

»Sobald der Kleine auf der Welt ist, wird er Vereinsmitglied von Barça, dafür sorge ich schon.«

»Nur mal langsam, Marc.« Dani holt tief Luft. »Höchstwahrscheinlich wollen wir das Kind nicht.«

Er spricht im Plural. Er bezieht sich selbst in die Entscheidung ein. Es erscheint ihm unzulässig, das nicht zu tun. Marc lehnt sich mit geschürzten Lippen zurück und trommelt auf den Tisch. In seiner Miene zeigt sich keine Empathie, sondern etwas sehr viel Komplexeres. Für Dani ist es, als würde er in einen Spiegel schauen.

»Klingt vernünftig.«

Marcs spontane, unbändige Freude hat Dani besser gefallen als dieses herablassende Entgegenkommen. Einen Moment lang empfindet er fast so etwas wie Wut.

»Ach verdammt, du Blödmann!«, platzt es dann aus Marc heraus. Er hebt den Arm, um noch ein Bier zu bestellen. Dann fährt er sich nervös mit den Händen über Gesicht und Bart. »Ein Kind! Ist das zu fassen? Und was sagt Marta dazu?«

13

Marta trug ein schräg rot-weiß gestreiftes Spaghettiträgerkleid mit Knöpfen vorne und Sandalen. Das Publikum saß auf Kissen und Puffs auf dem Teppichboden; Stühle gab es in dem Raum, in dem das Überraschungskonzert stattfand, nicht. Ein paar Tage vorher hatten sie den Veranstaltungsort erfahren, aber die Künstler blieben ein Geheimnis, bis sie auf der Bühne erschienen. Zwei Jahre ist das nun her. Anna hatte Dani vor ihrer Abreise nach Schweden vorgeschlagen, dorthin zu gehen. Ein gelungenes und großzügiges Abschiedsgeschenk von der großen Schwester. Typisch für sie. Sie ist ein aufmerksamer Mensch. Auch wenn sie sich nur ein-, zweimal im Jahr sehen, hat Anna trotz der vielen Kilometer, die zwischen ihnen liegen, ein wachsames Auge auf ihn. Seit Dani mit Marta zusammenwohnt, hält sich seine Schwester zurück, aber sie wissen beide, dass die Entfernung ihrer gegenseitigen Nähe keinen Abbruch tut. Bräuchte er sie, würde sie ins nächste Flugzeug steigen.

Als Dani Marta zum ersten Mal sah, saß sie in seiner Nähe im Schneidersitz und kehrte ihm den Rücken zu. Sie trug das blonde Haar zu einem hohen Pferdeschwanz zusammengebunden und nestelte offenbar in ihrem Schoß an etwas herum. Was es war, konnte er nicht sehen. Es war heiß in dem Raum. Unwillkürlich formte Dani mit seinen Fingern ein Rechteck, als wollte er eine Kameraeinstellung prüfen. Ihre breiten, runden Schultern, die markanten letzten Wirbel unterhalb des Nackens, die hinter die Ohren gesteckten goldenen Strähnen, das winzige Zucken der Deltamuskeln, wenn sie die Arme bewegte, und die rosafarbenen Ohrläppchen mit den hauchdünnen Ohrringen stachen ihm ins Auge. Grinsend stieß Anna ihm mit dem Ellbogen in die Seite.

»Was machst du da?«

»Erinnerst du dich an die Eröffnungssequenz von *Mad Men*, in der man Don Drapers Umrisse von hinten sieht?«

Sie schüttelte den Kopf und nippte gleichgültig an ihrem Bier.

»Es ist eine Hommage an Alfred Hitchcock. Kannst du dich an Cary Grant in *Berüchtigt* erinnern?«

Anna verdrehte die Augen.

»Du nervst, Brüderchen.«

In dem Moment brandete Applaus auf. Auf der Bühne erschienen eine Sängerin mit Akustikgitarre, ein Schlagzeuger und ein weiterer Typ, der sich an die Keyboards setzte. Es wurde still im Saal, und die Band begann zu spielen. Danis Blick ruhte auf Martas Rücken. Von ihr ging etwas Unergründliches aus, sie wirkte auf ihn, als ließe sie sich nicht leicht in die Karten gucken. Aber vielleicht hatte er auch zu viele Filme gesehen und fühlte sich daher von einem bestimmten Typ Frau angezogen: diskret, blond und von einer geheimnisvollen Aura umgeben. Mit einem Mal nahm sie die Kamera, die offenbar in ihrem Schoß gelegen hatte, und fotografierte das Geschehen auf der Bühne. Dani musste lächeln. Erneut bildete er mit den Fingern einen Rahmen. Ein gelungener Bildausschnitt, denn er drückte für ihn die Erfüllung fast aller seiner Wünsche aus, obwohl sie sich noch nicht einmal umgedreht hatte. Der zweite Song war eine ziemlich schäbige Coverversion von *Visions of Paradise*. Nach den ersten Takten stand Marta auf, und er musste seine Beine einziehen, um sie durchzulassen. *Entschuldigung*, sagte sie, als sie sich einen Weg bahnte und mit einem Arm die Kamera hochhielt, um niemanden anzurempeln. Da sahen sie sich zum ersten Mal in die Augen, direkt und unverstellt. Marta ging zum Rand der Bühne, wo sie weiterfotografierte und sich zwischendurch mit einer Hand Luft zufächelte. Er sei gleich wieder da, flüsterte Dani seiner Schwester zu, und sie zwinkerte ihm mit einem breiten Lächeln zu.

Er bestellte an der Bar zwei Bier und ging zu Marta. Als sie ein Stück zurücktrat, um die Fotos anzusehen, die sie gemacht hatte, nahm Dani all seinen Mut zusammen und hielt ihr eine Flasche hin.

»Da, für dich, ist ja ganz schön heiß hier«, brüllte er gegen die laute Musik an.

»Ich arbeite«, gab sie zurück, ohne von der Kamera aufzublicken, als würde sie ihn ihr ganzes Leben lang kennen. Doch dann sah sie ihn an und griff nach dem Bier. Sie schien über etwas nachzudenken. Ihr Blick schweifte umher. Vielleicht war sie einfach nur überrascht. »Lass uns von hier abhauen«, brüllte sie ihm ins Ohr. Er nickte, suchte mit den Blicken Anna und winkte ihr zu. Als sie draußen standen, sagte sie: »Ich muss nur kurz zu Hause vorbei und dem Magazin die Bilder schicken. Und ich bin zu einer Party eingeladen. Es ist eine echte Plage, alle werden dieses Jahr dreißig. Hast du Lust, mitzukommen?«

Sie war faszinierend direkt. Er hob die Flasche, um ihr zu bedeuten, dass er die Einladung annahm.

Bei der Erinnerung an alles, was darauf folgte, wird Dani flau vor Nostalgie. Marc wartet immer noch auf eine Antwort auf seine Frage, was Marta zu der Schwangerschaft sagt. Aber er möchte Martas Reaktion nicht preisgeben. Marc soll nicht vorschnell über sie urteilen. An jenem Abend verließen sie jedenfalls den Konzertsaal und rannten, bis Marta ein Taxi anhielt, mit dem sie in die Passatge Sant Benet beim Arc de Triomf fuhren, wo Marta mit zwei anderen jungen Frauen in einer WG wohnte. Auf dem Weg dorthin unterhielten sie sich angeregt. Und was immer der eine sagte, klang in den Ohren des anderen wie eine Offenbarung.

Während sie ihre Aufnahmen an die Redaktion schickte, wartete Dani unten auf der Straße und rauchte eine Zigarette. Er hatte Sorge, dass diese Unterbrechung die Magie zwischen ihnen zerstören würde, aber als sie ohne die Kamera die Treppe hinunterkam und ihm eine Handvoll frisch gewaschener kleiner Frühbirnen anbot, verflog seine Befürchtung. Der Draht zwischen ihnen war sofort wieder da.

»Ich versuche, mit dem Rauchen aufzuhören. Aber dann nasche ich den ganzen Tag. Vermutlich ist ein dicker Arsch besser als Krebs, oder?«, scherzte sie und biss in eine Birne. »Das Blöde ist, dass ich trotzdem rauche und obendrein mehr esse.«

Sie seufzte. Auf dem Weg summte sie *Visions of Paradise,* und hin und wieder sang sie ein paar Worte, *tell me the name of the stars in the sky.* Lächelnd blinzelten sie einander zu. Jagger solo sei lange nicht so geil wie mit den Rolling Stones, merkte er an, um sich auch irgendwie zu äußern, aber vielleicht hatte sie ihn nicht gehört. Martas Selbstsicherheit gefiel ihm. Und so spazierte er an einem Abend Ende Juni an der Seite einer gut gelaunten Frau, die er gerade erst kennengelernt hatte, durch die verwinkelten Gassen des Ribera-Viertels.

»Was soll das heißen, dass ihr vermutlich einen Rückzieher macht? Habt ihr das denn noch nicht entschieden?«

Dani wird unbehaglich zumute. Er trinkt einen Schluck. Keine Ahnung, antwortet er. Wahrscheinlich schon. Sie hätten übermorgen einen Termin für die Abtreibung, sagt er leise, aber Marta würde heute Nacht nicht nach Hause kommen, weil sie über alles nachdenken wolle.

»Vielleicht überlegt sie es sich ja noch einmal, meinst du nicht?«

»Ich weiß es nicht. Wir sind erst seit zwei Jahren zusammen, und du weißt ja, dass jeder von uns eigentlich noch immer ein ziemlich eigenständiges Leben führt. Sie ist wegen ihrer Fotoreportagen viel unterwegs. Im Grunde ist unsere Beziehung noch nicht so gefestigt, und dann kommt plötzlich ein Kind. Meinst du, wir wären dem gewachsen?«

»Wie auch immer, ich glaube nicht, dass du ein Mitspracherecht hast. Das können die Frauen nur selbst entscheiden, Dani.«

»Ja, ich weiß!«, sagt er und hebt ratlos die Hände. »Aber vielleicht können wir das Kind ja auch bekommen. Und ich kann doch wohl sagen, was ich denke, oder?«

»Du kannst sagen, was du willst, aber du hast in dem Fall nichts zu wollen.«

»Immerhin ist das Kind von mir, Marc. Ich finde, ich habe ein Recht auf Mitsprache.«

Marc nickt skeptisch.

»Und was heißt das genau?«

»Keine Ahnung. Das Ganze mal durchspielen. Vielleicht sollten wir das Kind bekommen. Damit ich aufhöre, in mir selbst den Nabel der Welt zu sehen. Ich meine, war's das etwa schon? Der Job, die Miete, Konzerte, und sich ab und zu mit Freunden besaufen?«

Exakt so ist sein Leben. Das Zusammenleben mit Marta ist das Einzige, was es einigermaßen interessant macht. Ansonsten findet er sich mit seinen dreiunddreißig Jahren, ehrlich gesagt, eher mittelmäßig. Er hätte gern, dass es anders wäre, und vielleicht könnte ein Kind ihm dabei helfen. Auch wenn er bislang niemals wirklich überlegt hat, wie es wäre, Vater zu werden.

Marc sucht nach Worten, um seinem Freund beizustehen, aber alles, was ihm einfällt, ist die Frage, ob sie denn nicht verhütet hätten.

»Marc, geht's noch?«

»Ach, versteh mich doch nicht falsch, Mann. Wie auch immer, eigentlich seid ihr beide doch im richtigen Alter, um Eltern zu werden. Glaub mir, am Ende werdet ihr gemeinsam die richtige Entscheidung treffen«, sagt Marc unentschlossen. »Das tun Paare doch, oder? Sie handeln die Dinge aus, die wirklich wichtig sind: wo sie wohnen wollen, wer auf der rechten und wer auf der linken Seite schläft, ob sie ColaCao oder Nesquik kaufen und ob sie Kinder wollen oder nicht. Eine Paarbeziehung bedeutet Verhandeln, Dani. Und Marta wird sich darauf einlassen. Auch wenn man sagen muss: Trotz Verhandeln sitzen die Frauen am Ende am längeren Hebel.«

Er klingt gekränkt. Sara hat ihn vor anderthalb Monaten für ihren Doktorvater verlassen.

»Außerdem geht es hier um Marta, Dani, nicht um irgendeine Frau.«

Irgendwie doch, denkt Dani, und hängt erneut seinen Erinnerungen nach. Er merkt erst jetzt, wie wenig er sie einschätzen kann. Wie wenig er über sie weiß. Und wie sehr ihn ihr Alleingang, ihre einsame Entscheidung, kränkt. Die Frauen, die Dani vor Marta gekannt hat, waren alle auf der Suche nach einem Retter, der sie erlösen sollte. Sie bettelten geradezu darum, dass jemand ihr Selbstvertrauen untergrub. Die Rollenverteilung, er der Starke, sie die Schwache, hatte er nie hinterfragt. Marta dagegen wird er niemals retten oder erlösen müssen, sie lebt, um sich dem Leben anzupassen, nicht ihm. Und gerade diese innere Unabhängigkeit, die für ihn auch Unberechenbarkeit bedeutet, gefällt ihm so sehr an ihr.

An jenem Abend, als sie eng beieinander im Aufzug standen und zu irgendeinem Typen hinauffuhren, der seinen dreißigsten Geburtstag feierte, war sie noch eine gänzlich Unbekannte. Marta kniff die Augen zusammen und erklärte ihm, sie habe kein Geschenk, weil sie für die Fotos der letzten beiden Artikel noch nicht bezahlt worden sei.

Also würde sie ihn als Stripper vorstellen, und das sei ihr Geschenk. Mit dieser Art von Humor kann Dani nichts anfangen. Sein Gesicht muss damals Bände gesprochen haben, denn sie strich ihm sanft mit einem Finger über die Wange. Ey, reg dich ab, Mann, war ein Scherz! *Tell me the names of the lovers you had before I came along.* Wieder das Lied. Ihre Seelenruhe. Er gab ihr einen Kuss, den sie wild und ungehemmt erwiderte. Der Geschmack von Birnen auf feuchten Lippen, ungläubige Euphorie, die Verheißung einer Feier, Gänsehaut, Sommersonnenwende, Begehren, zwei zügellose Säugetiere, die ihre Paarungszeit beginnen. Die Aufzugstüren öffneten sich. Die Party war in vollem Gange, laute Musik dröhnte ihnen entgegen. Überall Leute. Marta grüßte nach allen Seiten, aus der Küche erschollen Gelächter und laute Rufe. Irgendwer sagte zu ihnen, sie könnten ihre Tasche hinten im Schlafzimmer ablegen. Sie zog ihn an der Hand und schloss hinter ihnen die Tür. Die Musik gelangte nur noch gedämpft zu ihnen herein.

Sie ließen sich auf das Bett fallen, auf dem Taschen, Schals, Helme und ein paar leichte Sommerjacken der anderen Gäste lagen. In der Dunkelheit tasteten sie sich vorsichtig vor, um sich zu orientieren. Martas verschmitztes Lachen, der Lichtschein unter der Tür. Je nachdem, wie Dani sich drehte, konnte er ihr ovales Gesicht erkennen, das damals noch den Reiz des Unbekannten besaß. Er murmelte, er habe keinen Pariser dabei. So was nehme man nun mal nicht mit, wenn man mit seiner Schwester auf ein Konzert gehe, scherzte er, aber da langte sie schon über ihren Kopf nach ihrer Handtasche und kramte ein Kondom heraus. Beengt durch die fremden Klamotten auf dem Bett eines Unbekannten, rollte er sich auf sie. Als sie ihren BH im Rücken öffnete, erregten ihn ihre plötzlich befreiten, herrlichen Brüste nur noch mehr. Ein deplatziertes Knie, erneutes Kichern, ein bewusstes kurzes Stutzen, ein Blickkontakt in der Dunkelheit. Sich langsam tastend leiten lassen, die Haut des anderen zum ersten Mal riechen. Er ließ sie machen, ihm genügte schon, dass ihm ihre blonden, nach Zitrusfrüchten duftenden Haare ins Gesicht fielen, um scharf zu werden. Er kam schnell und explosiv. Marta flüsterte danach, es sei toll gewesen und er habe sie echt auf Touren gebracht, aber draußen sei eine ihrer Cousinen und allein bei dem Gedanken, sie könnten dabei erwischt werden, wie sie wie die Kaninchen rammelten, könne sie sich schlapplachen.

»So konnte ich mich nicht richtig gehen lassen. Sind wir uns einig, dass du mir noch einmal schuldest?«

Sie legte ihm die Hände ums Gesicht und gab ihm einen zärtlichen Kuss auf die Wange. Dann sprang sie vom Bett und schaltete das Licht an. Sie zog sich hastig an, strich ihr Kleid glatt, schüttelte ihr Haar und warf ihm eine Packung Taschentücher zu.

»Mach hin!«, drängte sie ihn lachend, während sie sich, eine Haarklammer im Mund, einen neuen Zopf band. Sie summte wieder: *Tell me the names of the children we'll have at the end of the line.*

Dani, mittlerweile sturzbetrunken, singt leise Mick Jaggers Lied vor sich hin, das ihm in seinem Suff wie das

Schlüsselelement in der ganzen Geschichte erscheint. Sein Freund sieht ihn verständnislos an.

»Oh Mann, Dani. Du bist ja echt fertig. Komm, packen wir's. Ich bring dich zu einem Taxi. Geh nach Hause und versuch, mit Marta zu reden.«

Draußen hat es wieder angefangen zu regnen. Sie suchen unter einem Balkon Schutz und warten, bis sie ein vorüberfahrendes Taxi anhalten können. Auf dem Weg zu dem Wagen weichen sie mit großen Schritten den Pfützen aus. Marc verspricht, er würde Dani am Mittwoch anrufen und ansonsten wisse er ja, wo er zu finden sei, wenn er etwas braucht. Er drückt ihn kurz und klopft ihm ein paar Mal aufmunternd auf den Rücken.

»Was meinst du, was passieren wird?«, fragt Dani aus dem Taxi.

Auf seinen Brillengläsern blitzen winzige Wassersprenkel. Er nimmt sie ab und wischt sie mit einem Zipfel seines T-Shirts trocken. Marc lacht verlegen.

»Na, hör mal. Was soll ich denn dazu sagen?«

Dani setzt die Brille auf und sieht klar. Er braucht Marcs Antwort auf seine Frage nicht mehr. Denn das wird passieren: Es wird so laufen, wie Marta es will.

SIE

Spuren einer Geburtstagsfeier. Verstreute Luftschlangen, sieben ausgepustete Kerzen, Pappteller mit verwaisten Kuchenresten und schlappe Luftballons, die ihre Schuldigkeit getan haben und jedes Mal, wenn die Mutter hereinkommt, um den Tisch weiter abzudecken, sachte vom Boden aufstieben. Die Mädchen sind im Schlafzimmer. Ihre Mutter hat ihr erlaubt, drei Schulfreundinnen einzuladen, und sie hat dazu noch zwei Jungen ausgewählt. Eloi, weil ihn nie jemand zum Geburtstag einlädt. Am Anfang des Schuljahrs hatte er sich in die Hose gepinkelt, als sie bei einem Klassenausflug Kastanien sammelten, und sie hatte ihm ihren Pulli geliehen, den er sich um die Taille binden sollte, um den nassen Po mit dem verräterischen Fleck zu verbergen. Marta hat Mitleid mit ihm, denn trotz ihres kläglichen Versuchs, dieses ganz natürliche Malheur, wie die Lehrerin es nannte, zu vertuschen, wussten bald alle, dass sich der arme Eloi in die Hose gemacht hatte. Für den Rest des Schuljahres wurde er zum Gespött der Klasse. Marta ist Spott zuwider. Diese nackte, unverhohlene Grausamkeit, die allen Elois der Welt im Nacken sitzt, wenn sie ängstlich ins Klassenzimmer schleichen, und die sie auch dann noch niederdrücken wird, wenn sie längst Manager, Metzger, Zusteller, Buchhändler, Anwälte oder arbeitslose Eltern anderer kleiner Elois sind.

Der zweite Junge, den sie zu ihrer Geburtstagsfeier eingeladen hat, ist Edu, ein kräftiger, kleiner Kerl mit pechschwarzen Augen. Sie mögen sich und halten manchmal heimlich Händchen. Er lässt sie beim Fußball mitspielen, obwohl die anderen Jungs rufen: *Keine Mädchen!* Edu und Eloi sind bereits vor einer Weile nach Hause gegangen, und nun können sich die Mädchen endlich in Martas Zimmer zurückziehen, wo sie unter sich sind. Umringt von Plüschtieren liegt ein rothaariges Mädchen mit angewinkelten Beinen auf dem Bett. Die beiden anderen sind als Arzt und Krankenschwester verkleidet und erklären ihr, dass es gleich so weit sei, sie müsse sich noch etwas mehr anstrengen. Marta sitzt auf dem Boden und sieht ihnen verstohlen zu, während sie sich den Schnürsenkel ihres Schuhs um den Zeigefinger wickelt, bis er ganz weiß wird. Sie schwitzt nervös. Jammernd gibt die Rothaarige vor, große Schmerzen zu haben, bis sie mit einem Mal eine Puppe unter ihrem Kleid hervorzieht. Alle applaudieren. Dann stecken sie der Puppe ein Plastikfläschchen mit einer weißen Flüssigkeit in den Mund. Alles gut verlaufen, sagt der Arzt. Jetzt nähen wir dich zu. Da springt die rothaarige frischgebackene Mutter aus dem Bett und sagt zu Marta, während sie die Schnalle ihrer Sandale schließt:

»Genau, Marta. Jetzt bist du dran. Wir tun so, als würdest du Zwillinge bekommen!«

Sie gibt ihr die Puppe und ein Plüschhäschen. Seufzend erklärt Marta, das fände sie doof, ob sie nicht Verstecken spielen könnten? Ihr zuliebe. Unter Protest geben die anderen Mädchen nach. Es war ein schöner Geburtstag.

Als sie am Abend aus der Badewanne steigt, trägt sie zum ersten Mal einen Bademantel, den ihr ihre Schwestern geschenkt haben, hinten ist mit roten Buchstaben ihr Name aufgestickt. Marta. Rot ist ihre Lieblingsfarbe. Ihre Mutter drückt ihr einen Kamm in die Hand, sie solle allein weitermachen, das Essen stehe auf dem Herd. Also versucht Marta, ihren wirren blonden Schopf selbst zu bändigen. Aus dem Spiegel blickt ihr ein kleines Mädchen entgegen, das in den ersten sechs Jahren seines Lebens versucht hat, ein Rad zu schlagen, den Gutenachtgeschichten ihres Vaters gelauscht hat, in dessen Zimmer sechs Jahre lang die Mondlampe brannte, weil es Angst im Dunkeln hat, das die Lehrerin ermahnt hat, im Unterricht nicht zu schwätzen, und das keine Schleifen im Haar tragen wollte. Mit sieben Jahren wird sie nun mit Wachsmalkreide malen, mit der Familie in den Ferien nach Berlin fahren und jedes Mal die Nase rümpfen, wenn ihre Mutter sie ermahnen muss, die Beine zu schließen, damit man ihren Schlüpfer nicht sieht, und darauf auch aufpasst, wenn sie eine Brücke oder einen Handstand macht, wenn sie schaukelt, turnt oder Kimberly Hart von den Power Rangers spielt. In diesem Jahr wird sie zum ersten Mal die rosa-weiß-karierte Schuluniform tragen, die taillierter geschnitten ist als die blau-weiß-karierte der Jungs, und wird sich – eher um sich der Mehrheit anzuschließen als aus eigenem Antrieb – bei den anderen Mädchen der Klasse unterhaken und zappelig vor Aufregung wie alle auf dem Schulhof rufen: *Wer spielt mit »Vater, Mutter und Kind«?*

Dieses Mädchen öffnet an seinem siebten Geburtstag nach dem wohltuenden Bad seinen brandneuen Bademantel, um sich vorzustellen, wie es wäre, Mutter zu werden, so wie es ihre Freundinnen eine Weile früher im improvisierten Kreißsaal getan haben. Sie hält sich ein zusammengerolltes Handtuch vor den Bauch, knotet den Gürtel des Bademantels wieder zu, klettert auf einen Hocker und betrachtet sich im Profil in dem großen Spiegel über dem Waschbecken. Sie stützt eine Hand in die Nierengegend und streckt ihren Bauch vor. Als sie zum Essen gerufen wird, wirft sie das Handtuch verächtlich auf den Boden und stürmt unbekümmert aus dem Bad. Sie hat immer Appetit, und wenn das köstliche Gebäck ihrer Oma Jutta auf sie wartet, ist sie nicht zu halten. Mit sieben Jahren wird sie das Lachen ihrer Schwestern nachahmen, ihre Gesten oder wie sie über Jungs reden. Sie wird lernen, zu rülpsen und Kaugummiblasen zu machen. Sie geht künftig zum Deutschunterricht, paukt deutsche Grammatik und singt beim Händewaschen *Mein Hut, der hat drei Ecken*, bis das Seifenstück ganz dünn geworden ist, oder während ihr Opa Fotos vom Sommerurlaub ins Album klebt, sie auf den Aufzug wartet oder mit ihrem Vater in die Autowaschanlage fährt, wo riesige, bunte Lappen über das Fahrzeug wirbeln und sie beide unter der dicken, weißen Schaumschicht spielen, sie würden vor einer Lawine flüchten.

Ihr Vater wird ihr immer in allem zur Seite stehen. Sie wird ihm Dinge anvertrauen, die sie ihrer Mutter nie erzählen würde. Sie wird behütet in einer glücklichen Familie aufwachsen. Auch später wird sie alles daransetzen, dieses unbeschwerte, heitere Glück wiederzufinden. Als sie ihre erste Periode bekommt, reagiert ihre Mutter darauf mit einer Rührung, die nicht recht zu ihrem eigenen Ekel und Unbehagen passt. Eindringlich warnt ihre Mutter sie vor der angeblich schlimmsten aller Gefahren für junge Mädchen, einer möglichen Schwangerschaft. Marta weiß nicht genau, was sie mit dieser Warnung anfangen soll. Sie wird strahlend weiße, gut gerichtete Zähne haben und in jedem Schuljahr in Mathe versagen. Sie tanzt, singt und rennt liebend gern und treibt gern Sport. Sie wird nicht müde, mit dem Fahrrad kreuz und quer durch ganz Barcelona zu radeln, kurzkrempige Hüte und Baskenmützen tragen, Militärstiefel zu langen Flatterröcken vom Flohmarkt auf dem Boxhagener Platz, und dazu Herrenuhren, weil sie unbedingt einen eigenen Stil kreieren will, der zu ihrer fixen Idee passt, eigentlich woanders hinzugehören. Sie wird weder kochen lernen noch Geschick entwickeln, sich zu frisieren, aber dafür wird sie einen hellwachen Geist haben und den Tag der Nacht und den Sommer dem Winter vorziehen. Als junge Frau ist sie nicht sonderlich wählerisch, mit wem sie ins Bett geht, weil sie die Lust zu sehr liebt, aber dann fällt ihr die Warnung ihrer Mutter wieder ein und sie hat das unklare Gefühl, etwas falsch gemacht zu haben. Als Kind ihrer Generation wird sie später erfreut zur Kenntnis nehmen, dass starre Normen Optionen weichen. Sie bevorzugt Männer, auch wenn sie an der Uni einer Kommilitonin versuchsweise einen Zungenkuss gibt. Es fühlt sich für sie an wie ein Experiment. Später, als sie nackt sind, wissen sie nichts miteinander anzufangen. Kichernd schlüpfen sie rasch wieder in ihre Klamotten und landen schließlich beim Italiener, wo sie sich eine Pizza teilen und aufgewühlt über Barack Obamas Einzug ins Weiße Haus diskutieren. Sie stimmen *Yes, We Can* von will.i.am an und ziehen dazu den Mozzarella zu endlosen Girlanden des Glücks. Sie wird fest daran glauben, eine freie Frau zu sein.

14

Es war Frühling. Ein lebhafter Nordwind, der die Sehnsucht nach Sommer und Licht weckte, trieb die Wellen auf dem Meer vor sich her, das noch nicht ganz so tiefblau war wie später im Jahr. An dem Tag, an dem sie auf der Küstenstraße nach Santa Cristina d'Aro fuhren, um Rufus aus dem Tierheim abzuholen, war an ausgebleichtes Haar und blasse Streifen auf gebräunter Haut noch lange nicht zu denken, doch Marta sprach bereits von den Ferien. Dabei ging es ihr eigentlich gut. Anstrengend und lästig war nur, immerzu Aufträge an Land ziehen zu müssen.

Ihr Vater hatte ihnen den Wagen gegen das Versprechen überlassen, dass kein Hundehaar darin zu finden sein würde, wenn sie ihn zurückbrachten. Daher hatten sie ein Laken und mehrere alte Handtücher über der Rückbank ausgebreitet. Am Vorabend waren sie so euphorisch ins Bett gegangen, als wollten sie einen Gipfel stürmen oder unbekanntes Terrain erkunden. Sie hatten eine Münze geworfen, um den Namen auszuwählen, und machten sich voller Euphorie daran, den Grundstein für eine neue Lebensphase zu legen. Unterwegs fragte Dani amüsiert, wie lange es wohl dauern würde, bis das Tier all die verbotenen Bereiche in ihrer Wohnung erobern würde, die Marta ihm minutiös aufgezählt hatte. Den Blick auf die Straße gerichtet, erzählte sie ihm, ihre Berliner Großmutter hätte früher Dackel gehabt, und mit zehn Jahren hätte sie ihren Opa einmal zur Jagd begleitet. Mit den Dackeln.

»Aber das macht dich noch lange nicht zur Expertin, mein Schatz. Ich gehe jede Wette ein, dass Rufus übermorgen bei uns im Bett schläft.«

Sie waren glücklich und aufgeregt wie die Kinder. Kurz darauf posteten sie zum ersten Mal auf Instagram Fotos des neuen Familienmitglieds, was sich bald zu einem liebgewonnenen Ritual entwickelte. Dani lud eine Nahaufnahme von Rufus' weisem, altem Gesicht hoch und schrieb darunter *Das ist der Beginn einer wunderbaren Freundschaft*. Er zögerte lange, ob er einen Hinweis auf Rick Blaine, Bogarts Rolle in *Casablanca*, hinzufügen sollte, entschied sich aber schließlich aus Furcht, als alter Besserwisser rüberzukommen, das Zitat lediglich in Anführungszeichen zu setzen. Und Marta postete ein Bild von Dani, der mit im Nacken verschränkten Armen am Strand lag, neben sich den schwanzwedelnden Hund, der ein Stöckchen im Maul trug. Sie musste sich das Lachen verkneifen, als sie darunter schrieb: *Dani, der Hund, Rufus, der Mensch. Neuer Lebensabschnitt.* Mit der Zeit sollten sich ihre Timelines zu einem Fotoalbum mal spontan, dann wieder bewusst ausgewählter Erlebnisse entwickeln. Mit diesen ersten Aufnahmen wollten sie erst mal nur ihre ehrliche Freude darüber dokumentieren, dass sie einen alten Hund aufgenommen hatten, für den sie beide eine tiefe Zuneigung empfanden, die sie verband.

Leise schließt Marta die Wohnungstür auf. Es ist halb zwei Uhr nachts. Nachdem sie Dani mehrere Nachrichten geschickt, aber keine Antwort erhalten hat, hat sie beschlossen, nicht bei ihrer Freundin zu übernachten, sondern nach Hause zu fahren. Sie kennt ihn gut genug, um zu ahnen, dass er völlig fertig ist. Sie legt ihre Jacke und ihren Schal im Flur auf einen Hocker. Dann öffnet sie genervt und müde den Knopf ihrer Jeans, streicht erst mit der Hand über ihren warmen Bauch und krallt dann ihre Fingernägel in den Unterleib. Ihr Gesicht verzieht sich vor Schmerz, sie stöhnt leise auf. Seit dem Morgen dreht sich das Gedankenkarussell in ihrem Kopf. *Geh weg, bitte, verschwinde doch einfach von selbst*. Ihr Haar ist zerzaust, und unter dem Sweatshirt trägt sie ein Pyjamaoberteil. Rufus kommt ihr schwanzwedelnd entgegen und schnüffelt an ihren Beinen und Händen. Sie bleibt stehen und krault ihm langsam den Nacken, während sie gedankenverloren in den Flur starrt. Rufus wartet, aber sein Frauchen rührt sich nicht. Die Wohnung wirkt auf sie grau und düster. Sie wäre froh gewesen, wenn Danis Schreibtischlampe gebrannt hätte, aber alles liegt im Dunklen.

»Dani?«, ruft sie laut. Ihr ist es egal, wie spät es ist. Ihre Stimme klingt in ihren Ohren neu, fremd, entsetzt.

Als alles still bleibt, klopft sie sich auf die Oberschenkel, und Rufus spitzt die Ohren, doch dann legt er sich auf den Boden und bettet seinen großen Kopf würdevoll auf die ausgestreckten Vorderpfoten. Er spielt den Beleidigten, weil sie ihn so lange allein gelassen hat. Stirnrunzelnd sieht er sein Frauchen von unten an, doch dann trottet er so langsam, wie es seine kaputte Hüfte und die alten Verletzungen zulassen, die er sich zugezogen hatte, als er vor Jahren auf dem Seitenstreifen der Schnellstraße C-65 ausgesetzt wurde, zu ihr.

Marta graust es noch immer, wenn sie an die Worte des Arztes im Tierheim denkt. Damit Rufus seine schlechten Erfahrungen vergessen konnte, wollten sie den ersten gemeinsamen Tag mit ihm am Meer verbringen, anstatt gleich nach Barcelona zurückzufahren. Ein leerer Strand für sie drei allein schien ihnen für einen alten Hund ein guter Anfang zu sein. Sie suchten sich ein Plätzchen in einer kleinen, abgeschiedenen Bucht in der Nähe von Sant Feliu de Guíxols.

An dem Tag hatte Marta ihre Canon dabei. Sie hat keine Lieblingskamera. Kameras sind für sie nur Arbeitsmittel, und jede Reportage erfordert einen anderen Kameratyp. Sie liebt die Hasselblad, aber damals hatte sie sich an ihrem ersten Tag mit Rufus eher auf den Hund und seine Bewegungen konzentrieren wollen und daher die japanische Kamera eingesteckt, die flexibler war. Sie bewahrt die Kameras der Menschen auf, die ihr wichtig waren, eine Nikon von ihrem Großvater väterlicherseits und eine Fuji von einem früheren Professor am Centre de la Imatge i la Tecnologia Multimèdia in Terrassa, mit dem sie während des Studiums eine tolle Zeit gehabt hatte, und mitunter auch mehr als das. Das Objektiv der Fuji kannte jedenfalls jeden Winkel ihres Körpers.

Der Hund war Martas Idee. Ein Tier, hoffte sie, würde ihr helfen, zu Ruhe und Ausgeglichenheit zu finden. Darüber hat sie bisher noch mit niemandem gesprochen, nicht einmal mit Dani. Es gibt manches, um das nur sie allein weiß und das seine Bedeutung verliert, missverstanden werden oder zu viel Aufmerksamkeit erregen könnte, sobald sie darüber spricht. Marta kann es ebenso wenig leiden, bemitleidet zu werden wie im Rampenlicht zu stehen.

Damals am Strand war sie kurz davor gewesen, Dani ins Vertrauen zu ziehen wie nie zuvor und auch nie wieder danach. Der kalte Wind hatte die Wolken weggepustet, und nun war der Himmel über ihnen blau und weit. Sie lagen mit rosigen Wangen und leuchtenden Augen im Sand und streichelten den Hund. Zum Schutz vor der Kälte hatten sie die Jackenkragen hochgeklappt, und der Wind blies ihnen die Haare ins Gesicht. Hin und wieder küssten sie sich. Gerührt riefen sie nach Rufus und warfen Stöckchen für ihn, doch der Hund war müde. Offenbar hatte es ihn erschöpft, so unerwartet im Mittelpunkt zu stehen. Er schlief friedlich zu Füßen dieses Pärchens ein, das nach Freundlichkeit und einem Zuhause roch. Marta streichelte ihm langsam über seinen Kopf. Vor einigen Jahren hatte sie im Sudan diese fürsorgliche und liebevolle Geste beobachtet, als sie im Auftrag des deutschen Magazins, für das sie oft arbeitet, eine Fotoreportage über ein Flüchtlingslager in Darfur machen sollte, in dem vor allem Frauen und Kinder lebten. Dort war ihr eine Mutter aufgefallen. Die schlanke Frau, die von Kopf bis Fuß in ein grünes Tuch gehüllt gewesen war, saß mit ernster, besorgter Miene auf einem Hocker und hielt ihre abgemagerte Tochter im Arm. Ihre große Hand mit den langen Fingern streichelte sanft über den Kopf und das Gesichtchen ihres Kindes. Die Kleine war kurz zuvor von einer Krankenschwester geimpft worden und weinte herzzerreißend. Die Mutter strich ihr wieder und wieder über den Kopf, doch als sich die Kleine nicht beruhigen wollte, raunte sie ein leises *Schh!* In diesem Moment drückte Marta auf den Auslöser. Es rührte sie, wie Mutter und Kind Blickkontakt hielten und das Weinen allmählich in ein leises Wimmern überging.

Für die Reportage hatte Marta von dem Magazin ein lachhaftes Honorar erhalten, als wäre es eine Ehre, für eine Publikation zu arbeiten, deren hohe Auflage ihr einen gewissen Bekanntheitsgrad garantieren würde. Jedenfalls hatte sie damals deshalb das Bild der Mutter in Grün und ihrer leidgeprüften Tochter, auf das sie wirklich stolz war, nicht abgeliefert. Ein Abzug des Fotos liegt in der Kiste, in der sie ihre Wertsachen aufbewahrt, die bei Umzügen nicht verloren gehen dürfen.

An jenem Nachmittag mit dem Hund war sie mit einem Mann am Strand, den sie gernhatte und mit dem sie schon länger zusammen war als mit jedem anderen vor ihm. Sie hätte gern angesprochen, worauf ihre Beziehung eines Tages zusteuern könnte, sofern sie zusammenblieben. Oder welche Bedenken sie diesbezüglich hatte. Ein Kind war schließlich keine weitere Anschaffung, das musste man sich reiflich überlegen. Konnte man, wollte man wirklich noch Kinder in eine Welt setzen, in der bereits so viele Kinder litten, wie sie aus ihren Reportagen wusste?

Wollte man wirklich für einen weiteren Bewohner auf dieser übervölkerten Erde sorgen? Sie war sich im Klaren, ihre biologische Uhr tickte, ob sie es wollte oder nicht. Doch wenn sich in ihr so etwas wie Unbehagen über die eigenen Zweifel regte, beruhigte sie sich rasch, dass sie noch ewig Zeit hätte, um sich über dieses Thema klar zu werden. Vermutlich hatte sie deshalb damals am Strand geschwiegen, als sie von einer Welle der Zärtlichkeit übermannt wurde, während sie den Hund streichelte.

Der Kinderwunsch ist in ihrem Fall jedenfalls zwiespältig, so weit ist sie in ihren Überlegungen gekommen. Auf der einen Seite ihr Wunsch nach Selbstbestimmung, beruflicher Weiterentwicklung und Sich-Nicht-Festlegen-Müssen, auf der anderen Seite die Zuneigung zu dem Mann an ihrer Seite und ein biologisches Grundbedürfnis, das nicht wegzurationalisieren ist. Und nun hat die Natur die Entscheidung bereits getroffen, sie ist schwanger.

Sie hat sich treiben lassen, verantwortungslos war das. Sie hat gedacht, es würde gut gehen, und sie müsste sich nicht entscheiden. Fehlanzeige. In ihr schlägt ein Herz. Und das macht ihr Angst.

15

Hastig wirft sie wieder Jacke und Schal über, um noch einmal mit Rufus Gassi zu gehen. Sie geht schnell, wie getrieben, weil sie wütend auf sich selbst ist und sich Vorwürfe macht.

Die Straßen sind menschenleer, nur ihre Schritte hallen auf dem Asphalt wider. Doch an der Plaça de les Navas lungern ein paar Typen trotz der Kälte und der Uhrzeit um eine Bank herum. Die hustend dicht beieinanderstehenden Typen lassen allem Anschein nach Alkohol und Drogen kreisen. Marta sieht im Schein eines aufflammenden Feuerzeugs Kapuzen, Bierdosen klacken aneinander. Mit dem Hund fühlt sie sich sicher. Es wird schon alles gut gehen, denkt sie. *Alles geht gut, Marta. Es muss gut gehen.* Der Satz passt auf alles. Auf Mittwoch, oder vielleicht das Leben nach Mittwoch. Auf das Gespräch mit Dani. Oder darauf, diesen unwirtlichen, zubetonierten Platz zu überqueren. Als sie sich mit eiskalten Händen eine Zigarette anzündet, fällt ihr Blick auf eine Bronzeskulptur von Joan Rebull. Sie ist wie vom Donner gerührt, auch wenn ihr klar ist, dass die Skulptur schon immer da war. Vielleicht hat sie es schon mal gelesen, auch wenn sie das nicht glaubt. Sie ist sicher schon Hunderte Male über diesen Platz gegangen, denn Rufus' Tierarzt ist gleich an der Ecke, aber ihr ist nie aufgefallen, dass im Boden vor dem Marmorsockel, der die Plastik einer sitzenden Mutter mit Kind trägt, ein Schild eingelassen ist, auf dem *Maternitat* steht. Mutterschaft.

Der Junge steht neben der Mutter. Er ist vielleicht sechs oder sieben Jahre alt, und er ist nackt. Eine Hand der Mutter liegt in seinem Rücken, und ihr anderer Arm ist mit dem des Jungen wie zum Gruß verschränkt. Der Anblick der beiden Figuren trifft Marta wie ein Schlag. Sie betrachtet die wuchtige, nüchterne Skulptur ohne jede Zärtlichkeit, vermeidet es aber, das Kind anzusehen. Stattdessen starrt sie die bronzene Mutter an, als könnte sie das Kind neben ihr verschwinden lassen. Energisch bläst sie dieser stoisch gelassenen Mutter den Rauch ihrer Zigarette ins Gesicht und sieht ihm nach, als er über die Skulptur hinwegzieht. In den Palmen rauscht der Wind. Marta kneift die Augen zusammen und nimmt noch einen letzten, tiefen, für sie und das Kind in ihr schädlichen Zug. Hätte ihr Dani am Morgen nicht völlig überraschend die Hand auf den Bauch gelegt und ihn behutsam gestreichelt, hätte sie sich weiterhin weismachen können, dass sie sich bloß von einer Schwangerschaft befreien wollte, nicht von ihrem Kind. Die Ohrfeige war eine spontane Reaktion auf eine Erkenntnis, die sie erst jetzt in Worte fassen kann. Und mit dieser Erkenntnis, merkt sie jetzt, hat sich ein leiser Zweifel in ihr eingenistet.

Sie lässt den trostlosen Platz hinter sich und geht die Straße hinunter. Unter einem geparkten Auto kauert eine Katze.

In der Carrer Blai scheuert Hasad, der Inhaber des Kebab-Ladens, in dem Dani und sie gelegentlich einkehren, den Bürgersteig vor seinem Imbiss. Drinnen fegt einer seiner Mitarbeiter den Laden. Marta muss sich zusammenreißen, um hochzublicken und die beiden wie sonst auch zu grüßen. Sie kennt sie vom Sehen, und um zwei Uhr nachts wäre es seltsam, einsam und wortlos vorüberzugehen, während die beiden das Lokal für den nächsten Tag herrichten. Der türkische Besitzer schmatzt ein paar schnelle Küsse in die Luft, um die Aufmerksamkeit des Hundes zu erregen, der hechelnd und schwanzwedelnd zu ihm läuft.

»Junge oder Mädchen? Das weiß ich nie«, fragt er.

Es dauert einen Moment, bis Marta begreift, dass sich die Frage auf Rufus bezieht. Ihre Gedanken schweifen zurück zu ihrer Jugend, zu ihrem Frauenhaushalt. Vier Frauen waren sie gewesen, und auf der Wäscheleine voller Slips und BHs fielen die vereinzelten Unterhosen ihres Vaters nicht weiter auf. Sie muss an Kleidertauschaktionen denken, an stundenlange Telefonate und den darauf folgenden Anpfiff wegen der hohen Rechnung, an das Glätteisen für die Haare, die Fotos der gerade angesagten Sänger auf ihren Schulmappen, an Wachs zum Enthaaren, allabendliches Flüstern vor dem Zubettgehen, Tampons, Binden, mit einem Magnet an den Kühlschrank gepinnte Diätpläne, Parfümpröbchen, feinsäuberliche Mitschriften und akkurate Handschriften, an Freundinnen, die rund um die Uhr zu Besuch waren, an die Unsicherheit über den eigenen Körper, an Tanzschritte, Wimperntusche und an ihren Vater, der wach blieb, bis sie aus der Disco zurückkamen. Was, wenn es ein Mädchen ist? Nein, sie will sich nicht damit beschäftigen.

Als vor acht Monaten ihr erster Neffe zur Welt kam, hatte es Marta tief bewegt, dass ihre Schwester plötzlich eine Aura von Güte und Frieden umgab, nichts an ihr erinnerte an den zickigen Teenager, mit dem sie sich so oft gestritten hatte, als sie sich noch ein Zimmer teilten. Sie fiel ihrer Schwester um den Hals und überschüttete sie mit Küssen. Erst danach hatte sie einen Blick für das schlafende Kind in der Krankenhauswiege. Es drängte sie nicht, auf es zuzustürzen, um es zu berühren oder zu bewundern, stattdessen stellte sie sich lieber erst einmal auf die Zehenspitzen und beobachtete das kleine Bündel aus der Ferne, ohne ihre Handtasche oder Kamera aus der Hand zu legen. Ihre Schwester wirkte so arglos, dass sie überrascht unwillkürlich von ihr mehr Fotos machte als von dem Baby. Und vorübergehend brachte diese ganze Szene auch eine sanftere, liebenswertere Version von ihr selbst, ihren Schwestern und ihrer Mutter zum Vorschein. Als die Windel des Kleinen gewechselt werden musste, fragte ihre Schwester sie, ob sie das übernehmen wolle. Hastig lehnte sie ab und verschanzte sich stattdessen in ihrer Komfortzone hinter der Kamera, auf der Suche nach etwas Besonderem, Schönem, das es wert war, auf einem Bild festgehalten zu werden. Sie erwähnte lieber nicht, welche gemischten Gefühle Kinder in ihr hervorrufen, und fürchtete den Moment, in dem die Sprache auf die biologische Uhr kam. Hinter der Kamera fühlte sie sich sicherer. Beim Wickeln des Kleinen waren die Frauen ihrer Familie, die Marta so gut zu kennen glaubte, plötzlich wie Fremde. Bewegungen und Gespräche, die ganze Atmosphäre in dem Krankenhauszimmer waren andächtig und gedämpft.

Doch als Martas Blick auf die Hoden des Neugeborenen fiel, entfuhr ihr unwillkürlich ein *Holla, ist das aber ein Hengst*, worauf ihre Mutter ein empörtes *Marta, ich bitte dich* schnaubte und die anderen kicherten. Sie sollten bitte aufhören, flehte ihre Schwester im Krankenhausbett, sonst würde ihr vor Lachen die Kaiserschnittnaht aufplatzen. Marta betrachtete die Frauen ihrer Familie, die mit strahlenden Gesichtern um das kleine Wesen herumstanden, das mit seinen kleinen Händchen in der Luft herumruderte. Aber sie fühlte sich außen vor.

Sie trat für ein paar Nahaufnahmen mit dem 85-Millimeter-Objektiv ans Bett. Fasziniert betrachtete sie das Saugbläschen auf den rosigen, aufgeworfenen Lippen des Babys.

Da nahm ihr die frischgebackene Großmutter die Kamera aus der Hand und legte ihr das kleine Wesen in den Arm, und ohne dass es ihr jemand hätte erklären müssen, stützte Marta das Köpfchen ihres Neffen mit einer Hand und legte die andere schützend auf den federleichten Körper, der sie an eine Puppe denken ließ. Seine Zerbrechlichkeit und sein warmer, süßer Babyduft ließen sie für einen Moment die Augen schließen, um das Gefühlschaos zu ordnen, das sie plötzlich überkommen hatte. Mit kratziger Stimme begann sie, *Der Mond ist aufgegangen* zu murmeln, das Lieblingswiegenlied aus ihrer eigenen Kindheit. *Die goldnen Sternlein prangen am Himmel hell und klar.* Ihre Stimme erklang leise im Raum, während sich die anderen über irgendetwas, das mit der Außenwelt zu tun hatte, unterhielten. Einen Augenblick lang wünschte sich Marta, dass jemand dieses Bild festhielt, damit sie es später betrachten könnte. Doch stattdessen bat sie nur, irgendwer solle ihr das Kind abnehmen, ihr Nacken sei schon ganz steif. Wieder lachten alle.

Erst als sich der Türke anschickt, selbst nachzusehen, was für ein Geschlecht Rufus hat, schaltet Marta und antwortet: *Ein Männchen, aber er ist kastriert.* Hasad erwidert ein wenig herablassend, wenn er kastriert sei, sei er kein richtiges Männchen, und außerdem solle sie um diese Uhrzeit lieber nicht allein im Viertel spazieren gehen, erst kurz vor Ladenschluss hätten sich zwei Typen geprügelt, die Haschisch und Kokain verticken wollten. Manchmal habe er die Nase voll von den Nordafrikanern, die sogar in seinem Laden versuchten, Drogen zu verkaufen, sagt er genervt, aber zum Glück habe er Freunde. Wenn ihm jemand an den Kragen wolle, würden ihm die anderen Ladenbesitzer zu Hilfe eilen. So seien die Türken, sagt er, *wir halten fest zusammen*. Sie ist zu müde, um ihm zu sagen, dass sie sich schon zu verteidigen weiß, aber jetzt gern Türkin wäre, um Halt zu spüren. Sie klopft sich dreimal auf die Schenkel, und ihr gehorsamer, treuer Beschützer Rufus, der nicht ahnt, dass man ihm seine Männlichkeit abgesprochen hat, kommt und läuft dicht an der Seite seines Frauchens nach Hause. Seine gute Nase hat ihm schon vor einer Weile verraten, dass er mehr auf die Frau achten sollte, die seit Tagen nicht mehr gelacht und ihren früheren Schwung, ihre Leichtigkeit und ihren Optimismus verloren hat.

16

Als sie vom Spaziergang mit Rufus nach Hause kommt, leuchtet Danis Schreibtischlampe. Es ist ein geheimer Code, den sie im Laufe des letzten Jahres stillschweigend vereinbart haben. Kommt einer von ihnen spät nach Hause und der andere ist noch nicht da, lässt er vor dem Zubettgehen die Schreibtischlampe als stillen Willkommensgruß brennen. Manchmal wird die brennende Lampe zu einer vielsagenden roten Laterne und lädt den anderen zu einem Schäferstündchen ein. Zärtlichkeit hat jeden Winkel ihrer fünfundvierzig Quadratmeter großen Wohnung erobert, die das Provisorische der Anfangszeit verloren hat und nun für sie ein echtes Zuhause geworden ist. Heute Nacht hat der warme Lichtschein, den Marta schon an der Wohnungstür erspäht, etwas Tröstliches. Sie streckt den Kopf durch die Schlafzimmertür und hört Danis tiefe Atemzüge.

Erleichtert schließt sie sich im Bad ein, ihrem Rückzugsort. Sie wartet, bis heißes Wasser aus dem Hahn läuft, und zieht sich langsam aus. Wird dieses Leben, das in ihrem Körper und in Danis Vorstellung immer mehr Platz einnimmt, ihr Leben aus dem Takt bringen? Wird es sie auf ihrem beruflichen Weg wirklich ausbremsen? Oder wird diese neue Erfahrung ihr Bewusstsein erweitern und sie in ihrem Leben leiten? Und der Sex? Wird es noch immer ein buntes Feuerwerk sein, wenn sie zusammen sind, mit der gleichen Lust? Oder wird Marta nur noch die Beine breitmachen, ohne Vergnügen zu spüren, um sich selbst zu strafen, weil sie ständig darüber nachsinnt, wie ungerecht das Ganze doch ist. Denn sie mögen zwar oft genug beide aufeinander scharf gewesen sein, aber die Folgen stehen in einem krassen Ungleichgewicht. Dani kann sich aus freien Stücken auf das Gedankenexperiment einlassen, wie es wäre, ein Kind zu bekommen, aber ihr Körper zwingt sie dazu, sich mit den Konsequenzen auseinanderzusetzen. Sie kann sich der Sache nicht entziehen. Das Leben, das sich in ihr einnistet, nimmt von ihrem Organismus langsam Besitz. Diese drei Zentimeter werdendes Leben wiegen schwerer als jede andere Verpflichtung, die sie bisher kennt.

Sie hat Lust auf eine Dusche, um aus dem Gedankenkarussell auszubrechen. Sie wird sich in jedem Fall schuldig fühlen, egal wie ihre Entscheidung ausfällt. Ihr Körper ist zu einem Problem geworden, von ihrem Kopf aus breitet sich ein Brennen überallhin aus. Wasser perlt über ihre Haut und ihre weichen, runden Formen. Sind ihre Brüste nicht schon größer geworden? Wie schnell sich ihr Körper verändert hat. Warum müssen bei den Menschen nur die Frauen die Kinder bekommen? Was hat sich die Natur dabei gedacht? Sie streicht sich mit den Händen durch das nasse Haar, aber nicht einmal das Plätschern der Dusche kann den vielstimmigen Chor in ihrem Kopf zum Schweigen bringen: Da ist die warnende Stimme auf dem Beipackzettel des Schmerzmittels, das sie gegen ihre Kopfschmerzen eingenommen hat: *Wenn Sie schwanger sind oder glauben, dass Sie schwanger sein könnten …* Die fachkundige, kompetente Stimme der Gynäkologin: *Sie sollten sich am Mittwoch von jemandem nach Hause begleiten lassen.* Ihre eigene Stimme, als sie ihrer Freundin, noch bevor dieser Gegenentwurf zu ihren Lebensplänen aufgetaucht ist, voller Überzeugung erklärt hat: *Weil ich nicht Mutter werden will.* Die harte Stimme im Internet: *Heftige Blutungen.* Die unschuldige Stimme ihrer Mutter, die von ihren Qualen nichts weiß: *Wollt ihr am Sonntag zum Mittagessen kommen? Berta und Enric kommen auch. Sie bringen den Kleinen mit.* Die eigennützige, verführerische Stimme auf der Marlboro-Packung: *Rauchen während der Schwangerschaft schadet der Gesundheit Ihres Kindes.* Ihre eigene erst bedrückte, dann empörte Stimme, als sie ihrer Chefin in der Redaktion erklärt hat: *Ich kann bei der Veranstaltung keine Fotos machen. Mir ist unvorhergesehen etwas Familiäres dazwischengekommen. Nein, das hätte ich dir nicht vorher sagen können, das war nicht abzusehen! Das ist echt unfair. Ich habe dich noch nie im Stich gelassen.* Die warme, resolute Stimme ihres Vaters: *Ich weiß schon, dass du es sicher ausschlägst, aber sag Bescheid, wenn du Geld brauchst.* Die Stimme ihrer Freundin, die kalt wie Stahl klang, als Marta ein Glas Wein abgelehnt hat: *Warum denn? Du bringst es doch sowieso um.* Die neue, zornige Stimme, mit der sie sich seit heute Morgen, seit Danis zärtlicher Geste, an das Ding in ihr wendet: *Es wäre eine Katastrophe, glaub mir.* Die strenge Stimme, mit der sie sich selbst zur Ordnung ruft: *Rede nicht mit ihm.* Die aufrichtige Stimme, mit der sie kategorisch zu Dani sagt: *Ich bin schwanger. Und ich will das Kind nicht bekommen.* Und die verzweifelte Stimme, mit der sie wieder zu sich selbst und zu dem Ding spricht, dessen Herz in ihr schlägt: *Ich schaffe das nicht.*

Sie dreht den Wasserhahn zu und lehnt sich mit der Stirn gegen die Wand. *Geh weg, verschwinde doch einfach von allein.*

Als sie aus der Dusche kommt, öffnet Dani die Badezimmertür. Er wirkt schuldbewusst, so hat Marta ihn noch nie gesehen. Sie findet diesen Ausdruck von Schwäche unerträglich und sagt rasch:

»Gibst du mir das Handtuch?«

Aber er legt ihr das weiche Tuch um die Schultern und nimmt sie in den Arm. Im ersten Moment empfinden beide so etwas wie Frieden, doch das hält nicht lange an. Ausgerechnet mit diesem Mann ist es passiert, denkt Marta. Dabei hätte es mit jedem anderen geschehen können. In ihrem Leben gab es vor ihm Kollegen, Kommilitonen, Thekenbekanntschaften, virtuelle Männer, die real wurden, Männer, bei denen sie im Bett das Luder gab, und solche, die sie als braves Mädchen alles tun ließ, was, wie sie sagten, ihr bestimmt gefallen würde und sicher noch nie einer mit ihr gemacht habe: Männer, die ihr auf den Po schlugen, sie an den goldblonden Haaren zogen, ihr wehtaten, ihr die Zunge ins Ohr schoben, sie beschimpften und immer vor ihr kamen. Sie fühlte sich überlegen, weil sie ihnen gefiel. Sie fühlte sich frei, weil ihr Tabus schnurz waren und sie alles tat, was ihre Mutter ihr verboten hätte. Es war eine trügerische Freiheit. Sie spielte und war gut darin, doch war sie immer froh, wenn diese Kerle, die befriedigt von dannen zogen, nachdem sie gekommen waren, und sich für echte Supermänner im Bett hielten, aus ihrem Leben verschwanden. Und dann tauchte eines Tages wie aus dem Nichts dieser Mann auf, bei dem sie sich ähnlich sicher fühlt wie bei ihrem Vater. Vorher hatte sie Unterwerfung für einen normalen Teil der Eroberung gehalten, aber damit war es vorbei, als Dani in ihr Leben trat. Sie erkannte, dass es bei ihren bisherigen Erfahrungen mit Männern nur darum gegangen war, männlichen Stolz zu bestätigen.

Mit Dani ist es anders. Er versteht Sexualität als etwas Gegenseitiges. Bei ihm kann sie so sein, wie sie ist, ohne sich zu verstellen. Natürlich stand anfangs der Dreiklang aus Verführung, Macht und Lust im Vordergrund, von dem sie behauptet, dass er die Welt in Gang hält, aber inzwischen teilen sie Bett, Tisch und einen Hund, und ihre Beziehung steht auf einem breiteren Fundament. Und nun hat sie mit diesem Mann ein Kind. Was einerseits gut ist, weil er der Vater ist, und keiner von den anderen Typen, seinen Vorgängern. Und andererseits schlecht, weil es ihrer Beziehung eine Verbindlichkeit gibt, für die sie noch nicht bereit ist. Und damit ist sie wieder bei der Kernfrage: Kind oder Abtreibung? Beides flößt ihr Angst ein.

Es ist mit ihm passiert und nicht mit einem anderen, denkt sie, als er seine Hände um ihr Gesicht legt und ihr einen Kuss auf die Stirn gibt. Und sie braucht ihn, auch wenn ihr dieses Eingeständnis schwerfällt.

»Ich liebe dich, hörst du?«, raunt Dani. Sie stellt sich auf die Zehenspitzen und flüstert ihm *Ich dich auch* ins Ohr.

Das ist nicht wahr, aber auch nicht gelogen. Sie schließt die Augen und denkt: Nicht jetzt. Es geht gerade nicht darum, dass du mich liebst. Mir wäre es lieber, wenn du mich einfach verstehst.

17

An der Kassettendecke ihres Schlafzimmers befindet sich eine Stuckrosette mit Pflanzenranken. Schon seit dem ersten Tag nennen sie sie in dem geheimen Code, der sich mit der Zeit zwischen Paaren herausbildet, *Salat*. Die protzige Rosette ist keine Augenweide, aber wenn sie im Bett liegen und sich unterhalten, zieht sie automatisch ihre Blicke auf sich. Deshalb mögen sie sie. Sie haben schon in vielen Nächten zum Salat hinaufgeschaut, während sie den nächsten Urlaub planten, einen Kassensturz machten oder sich aussprachen. Die Rosette hilft ihnen, sich zu versöhnen oder sich strategisch zurückzuziehen, bevor sie gegeneinander in den Krieg ziehen.

Es ist drei Uhr früh. Sie liegen im Bett und starren erschöpft an die Decke, beide so sorgsam darauf bedacht, dem anderen respektvoll seinen Raum zu lassen, wie nie zuvor. Um das anstehende Gespräch kommen sie nicht herum, auch wenn sie eigentlich längst schlafen müssten. Der vertraute Anblick der Deckenrosette erleichtert ihnen den Einstieg.

»Wir dürfen morgen nicht vergessen, die Schraube auf dieser Seite fester anzuziehen«, sagt Marta und ruckelt am Birkenholzkopfteil des Bettes. »Siehst du? Das ist zu locker.«

Dani rüttelt heftig am Kopfteil und schnalzt mit der Zunge.

»Sag mal, Dani, geht's noch?«

Er brummt etwas über die Qualität der Möbel.

»Zum Glück reibst du mir freundlicherweise nicht unter die Nase, dass du das schon vorher gesagt hast«, versetzt Marta spöttisch.

Jeder Versuch, dem Ganzen eine unbefangene oder zumindest amüsierte Note zu geben, misslingt. Dabei ringen beide um einen Hauch von Normalität. Sie erleben einen solchen Ausnahmezustand zum ersten Mal und haben ihm nichts anderes entgegenzusetzen als eine Fortsetzung dessen, was sie perfekt beherrscht haben, bevor das Chaos über sie hereingebrochen ist: zusammen den Alltag leben. Zunächst tasten sie sich langsam und zaghaft voran, doch unter der Rosette zieht ein tosender Orkan herauf. Ein Orkan aus Erklärungsversuchen und Schweigen. Sie schreien sich nicht an und fallen einander nicht ins Wort, sie geben sich trotz des aggressiven Untertons Mühe, rücksichtsvoll und achtsam zu bleiben. Beide möchten sie vom jeweils anderen verstanden werden.

»Verdammt, was hast du dir bloß dabei gedacht, Dani? Was sollte das, als du über meinen Bauch gestreichelt hast? Ist dir eigentlich klar, wie das für mich war?«

»Wie oft soll ich mich denn noch entschuldigen, Marta? Mir geht so viel durch den Kopf. Es war eine spontane Geste. Das ist alles. Vergiss es einfach, ja?«

Er sieht sie an, aber Marta starrt noch immer an die Decke. Es verursacht ihr schlechte Laune, dass es ihr nicht gelingen will, in Worte zu fassen, was sie umtreibt.

Stattdessen klingt sie wie ein trotziges, kleines Mädchen.

»Ich wollte damit allein fertigwerden, deshalb musst du nicht gleich sauer werden. Und außerdem wollte ich kein großes Ding daraus machen.«

»Das ist es aber, Marta.«

»Das weiß ich selbst. Behandele mich bitte nicht, als wäre ich blöd. Seit deiner verdammten Liebkosung heute Morgen ist es noch größer geworden. Es hat … Gestalt angenommen, hörst du? Ich weiß nicht, wie du das geschafft hast, aber mir geht es seither richtig mies, Dani. Du hast ja keine Ahnung, was du angerichtet hast.«

Sie dreht sich zu ihm um und sieht ihn an. Wie soll sie ihm nur verständlich machen, warum sie ihm eine Nebenrolle zuweist? Es ist ja nicht so, dass sie ihn nicht um sich haben möchte. Im Gegenteil. Sie braucht seine Nähe, so wie sie jedes Mal eine neue Zigarettenschachtel in ihrer Schublade liegen hat, wenn sie versucht, mit dem Rauchen aufzuhören. Alles, was sie möchte, ist, dass Dani versteht, warum sie diese Sache allein durchziehen will.

»Ach, hör doch auf, Marta. Ich behandle dich nicht, als wärst du blöd.« Er tastet nach ihrer Hand, aber sie stößt ihn zornig weg. »Was soll das? Darf ich erfahren, was dir nicht passt? Was habe ich dir denn getan? Ich habe nur versucht, dir zu erklären, dass das auch für mich keine Kleinigkeit ist. Das Letzte, was ich will, ist, dass es dir schlecht geht. Aber ich fände es unehrlich zu verschweigen, dass ich seit Tagen darüber nachdenke, wie es wäre, Vater zu werden.«

Zornig springt Marta aus dem Bett. Sie wirft ihr Haar in den Nacken und bindet es fahrig mit einer Spange zusammen. Als sie die Hände in die Hüften stemmt, versteht Dani die Geste als Kampfansage.

»Das ist lächerlich, Dani! Ein kindisches Hirngespinst. Mein Job fordert mich vierundzwanzig Stunden am Tag. Ich muss ständig auf dem Sprung sein, hinfahren, wo etwas passiert ist, und Fotos machen. Und noch dazu würde ich so gern diese Ausstellung machen, die ich bei diesem Tempo nie auf die Beine stellen werde, und um mir über die Miete hinaus noch ein bisschen was Nettes leisten zu können, mache ich obendrein blöde Hochzeitsfotos. Begreifst du nicht, wie sehr ich dafür brenne, für meine Fotoreportagen kreuz und quer durch die Welt zu reisen? Und du fragst dich, wie es wäre, Vater zu werden? Ist das deine Erklärung dafür, dass dir das in meinem Bauch wichtig genug für eine Liebkosung erscheint?«

»Nein, es gäbe noch eine ganze Menge mehr zu sagen, aber nicht so. Komm wieder runter, ja? Wenn du nicht reden willst, lassen wir es halt. Was habe ich dir denn eigentlich getan, Marta? Ich dachte, es würde dir guttun, darüber zu reden. Aber schon gut, Marta, lassen wir es dabei bewenden.«

Dani weiß, dass seine Worte nicht ganz der Wahrheit entsprechen. Er würde ihr gern sagen, dass er selbst nicht versteht, was mit ihm los ist, aber dass ihn das Ganze zum Nachdenken gebracht hat. Dass er dreiunddreißig ist und sie sehr liebt. Und dass sich in ihm etwas regt, das er nicht zu fassen bekommt, etwas Tröstliches, das ihm Mut macht. Vielleicht ist jetzt tatsächlich der richtige Zeitpunkt, um

Vater zu werden. Aber wie soll er ihr verständlich machen, dass ihm durch ihre Eröffnung, dass sie schwanger ist, bewusst geworden ist, wie sehr ihm sein eigener Vater gefehlt hat? Als wäre plötzlich eine alte Narbe sichtbar geworden. Mit einem Kind würde vielleicht, aber nur vielleicht, das Phantom, das ihn zeit seines Lebens begleitet hat, Gestalt annehmen, und er würde endlich seinen Platz in dieser Welt finden.

»Wo hast du den Werkzeugkasten?«, fragt Marta schroff.

»Den Werkzeugkasten? Was willst du denn jetzt damit?«

Marta antwortet nicht. Sie bückt sich und verschwindet mit dem Oberkörper unter dem Bett, bis nur noch ihr Po und ihre Beine zu sehen sind. Besorgt fragt sich Dani, ob diese Haltung dem Fötus schaden kann. Er will etwas sagen, beißt sich aber auf die Zunge. Falls sie sich doch für das Kind entscheiden sollte, wird er sie für jede plötzliche Bewegung und jede Zigarette tadeln und sie so umsorgen, wie er sich noch nie zuvor um etwas gesorgt hat. Aber jetzt fühlt er sich machtlos.

Marta kommt mit hochrotem Gesicht und zerzaustem Haar unter dem Bett hervor und hält triumphierend den Werkzeugkasten in der Hand.

»Willst du etwa jetzt das Kopfteil festschrauben?«

»Ja, sonst kann ich nicht schlafen. Keine Angst, es dauert nicht lange. Ich mache gleich das Licht aus und lasse dich weiter deinem Hirngespinst von einer glücklichen Familie nachjagen«, faucht sie wütend.

Dani klettert aus dem Bett und legt ihr die Hände auf die Schultern.

»Sieh mich an, Marta. Lass das mal.«

Er nimmt ihr den Werkzeugkasten aus der Hand und stellt ihn auf den Boden.

»Können wir bitte noch mal von vorn anfangen?«

Marta lehnt ihren Kopf an seine Brust und muss daran denken, wie sie ihn damals, kurz nachdem sie sich kennengelernt hatten, auf die kleine Wölbung auf der linken Seite seines Brustkorbs aufmerksam machte. Eine Seite trat stärker hervor, und es entstand eine Kuhle, in die sie ihr Gesicht schmiegen konnte, wenn sie sich umarmten. Dani erklärte ihr seinerzeit, die leichte Verformung seines Thorax habe er seinem Leichtathletiktraining in der Jugend zu verdanken, als er auf Teufel komm raus seinen Radius und die Drehgeschwindigkeit beim Diskuswerfen hatte steigern wollen. Marta stutzte zunächst, merkte aber gleich darauf, dass er sie auf den Arm nahm. Sie prusteten los und konnten sich gar nicht mehr beruhigen. Das war noch ganz am Anfang, als sie sich nur sporadisch bei ihm oder bei ihr trafen und sich nackt unter der warmen Bettdecke aneinanderkuschelten. Damals wussten sie noch nicht, dass ihre Beziehung halten würde. Sie feierten jedes Treffen wie etwas Besonderes, was dazu führte, dass sie ständig aneinander denken mussten wie zwei Drogensüchtige, die nach dem nächsten Schuss lechzten. Zusammen zu sein wurde nach und nach wichtiger als alles andere und gab ihrem Leben eine neue Richtung. Als Marta an jenem Tag vor zwei Jahren aufhörte zu lachen und begann, ihn zu liebkosen, verspürte Dani zum ersten Mal das Bedürfnis, sich einfach fallen zu lassen, auch wenn er damals noch glaubte, er könne dieses Gefühl kontrollieren. Damals sagte er, er würde ihr diese Stelle an seiner Brust schenken. Sie gehört dir, lehn dich an, wann immer du willst.

»Wie konnte es nur so weit kommen, Dani? So ein Mist …«, raunt sie im Schutz der Kuhle.

»Jetzt ist es zu spät, um darüber nachzudenken. Darf ich dich etwas fragen?«

Marta stöhnt auf.

»Wenn wir das Berufliche einmal ausklammern, bist du dir dann wirklich sicher, dass du es dir nicht noch einmal überlegen willst?«

»Wie soll ich das Berufliche ausklammern, Dani? Du meine Güte, sei doch nicht so naiv!«

»Ich bin nicht naiv. Aber wenn deine Arbeit der einzige Grund ist … Ich meine, es ist doch nur eine Frage der Logistik. Wir könnten uns absprechen. Und vielleicht lässt du einfach die Hochzeitsfotos sein. Das ist doch nur Selbstausbeutung, du verlangst zu viel von dir, Marta.«

»Das musst du gerade sagen …«, sagt sie leise.

»Das kannst du nicht vergleichen, meine Situation ist eine ganz andere. Ich muss auf dem Laufenden bleiben, sonst bin ich ganz schnell weg vom Fenster.«

»Natürlich kann man das vergleichen. Und Kinder sind teuer, dazu braucht man Geld, und Zeit, die man dann nicht hat, weil man das Geld verdienen muss. Da stimmst du mir doch wohl zu …«

Er nickt schweigend. Marta kramt in der Werkzeugkiste und zieht einen Schraubenzieher hervor. Dani legt sich wieder aufs Bett und sieht ihr zu, wie sie resolut die Schraube anzieht. Sie haben beide nur eine unklare Vorstellung davon, was sie unter sozialem Erfolg verstehen, aber in Kindern ein verzichtbares Luxusgut zu sehen, erscheint ihnen zu billig. Wo Platz für zwei ist, ist auch Platz für drei, denken sie, selbst Marta würde das gerne denken. Auch wenn sie aus unterschiedlichen Verhältnissen stammen, sind sie sich in diesem Punkt doch ähnlich. Sie haben beide das Gefühl, in einem Dilemma zu stecken, wie viele andere in ihrem Alter. Sie leben in einem Dauerprekariat, ohne feste Arbeitszeiten, ohne berechenbares Einkommen und ohne Aussicht auf eigene vier Wände. Ohne Aussicht auf Veränderung obendrein. Das unterscheidet sie von der Generation ihrer Eltern. Wer traut sich schon, über den Sommer hinaus zu planen, wenn der Herbst so wenig verheißungsvoll wirkt?

»Ich habe Schiss davor, mich auf eine Sache einzulassen, von der ich keine Ahnung habe, Dani«, sagt sie und pustet sich eine Strähne aus dem Gesicht. »Gib mir mal den anderen Schraubenzieher. Der hier ist zu groß. Ich meine, ich habe doch nicht die leiseste Ahnung, wie es ist, Mutter zu sein.«

Als er aufsteht, denkt er, dass er auch keine Ahnung hat, wie es ist, Vater zu sein. Er streckt ihr den Schraubenzieher entgegen, doch als sie danach greift, lässt er nicht los.

»Was soll das? Lass das, Dani, mir ist nicht zum Scherzen zumute.«

»Ich meine ja nur. Es könnte ganz nett werden.«

Er sieht sie mit großen Augen an, aber er dringt nicht zu Marta durch, so als stießen sie einander ab wie zwei Magnete, die sich am gleichen Pol nähern.

»Hör bitte auf.«

Tränen schießen in Martas Augen. Tu mir das nicht an, schreit es in ihr. Lass dir nicht einfallen, heraufzubeschwören, wie schön das werden könnte, was ich zu verlieren bereit bin. Doch sie macht sich nicht die Mühe, Dani die verwirrenden Gedanken zu erklären, die ihr durch den Kopf gehen, sondern setzt noch eins drauf.

»Und außerdem, Dani …«

Sie wischt sich mit dem Pyjamaärmel über die Augen und dreht den Schraubenzieher.

»Eine Frau sollte Mutter werden, wenn sie dazu bereit ist.«

Sie wirft den Schraubenzieher aufs Bett und stemmt die Hände in die Hüften.

»Und ich bin es nicht.«

DIENSTAG

9. WOCHE

18

Marta hat das Gefühl, zwischen zwei Lebensentwürfen zerrieben zu werden. In ihrem Kopf ist ein Schlachtfeld. Beim Aufwachen setzen ihr die Schatten eines Traums zu. Bevor er verblasst, versucht sie rasch, sich die verschwommenen Umrisse der Bilder ins Gedächtnis zu rufen, die ihr nach den wenigen Stunden Schlaf noch in Erinnerung geblieben sind: Ihr schlanker Körper sah aus wie immer, aber im Profil und von der Taille abwärts schien er aus einem Horrorfilm zu stammen. Sie saß wie eines jener Stehaufmännchen auf einer Wackelkugel und bettelte jeden, der auf der Straße an ihr vorüberging, um Granatäpfel an. Schwangerschaftsgelüste? Eine alte Frau gab ihr eine überreife Frucht. Als Marta sie schälte, stach sie aus Versehen mit dem Messer in die Kerne und stellte fest, dass sich im Inneren des Granatapfels nur Saft befand. Blutroter Granatapfelsaft.

Der Gedanke an die entsaftete Frucht lässt sie erschauern. Sie kann sich schon denken, was es mit dem Blut und der roten Farbe auf sich hat, und sie will nicht mehr darüber nachdenken. Da fällt ihr eine Geschichte ein, die ihre Mutter gern zum Besten gibt, um die kleine, halbmondförmige Pigmentstörung oberhalb von Martas rechter Pobacke zu erklären, und schon ist der runzlige

Granatapfel aus ihrem Traum vergessen. Als ihre Mutter mit Marta schwanger war, befiel sie ein unbändiges, mitten im November nicht zu stillendes Verlangen nach frischer, saftiger Wassermelone. Seither behauptet sie, ihre Tochter habe deshalb von Geburt an diesen Fleck auf dem Körper.

Marta kann mit dieser abergläubischen Erklärung ihrer Mutter nichts anfangen, aber wenn sie gut gelaunt ist, legt sie im Spaß gern noch eine Schippe drauf und erklärt den Fleck mit ihrem unerfüllten Wunsch, Astrophysikerin zu werden. Sie hat Fotomontagen mit dem kleinen Mond auf ihrer Pobacke gemacht, und eine Zeit lang suchte ein Typ aus Chicago, mit dem sie ein paar unbeschwerte Sommermonate in Berlin zusammen war, jedes Mal, wenn sie miteinander ins Bett gingen, unter der Decke nach ihm und rezitierte dabei aus dem Gedächtnis Neil Armstrong: *Danke, Herr Präsident, wir betrachten es als Ehre und Privileg, hier zu sein. Wir vertreten nicht nur die Vereinigten Staaten, sondern auch die friedliebenden Menschen aller Länder. Es ist eine Vision für die Zukunft. Es ist uns eine Ehre, heute an dieser Mission teilzunehmen.* Bei der Erinnerung an jene Sommernächte muss Marta lächeln, aber Danis tiefe Atemzüge neben ihr bringen sie rasch wieder zurück in die Gegenwart. Granatapfel. In dem Bild steckt Poesie.

Ihr Kind soll sich nicht unerwünscht fühlen. Und ihr Kind wäre unerwünscht. Also tut sie das Richtige. Und so zwingt sie sich dazu, keine Schuldgefühle über ihren Entschluss zur Abtreibung aufkommen zu lassen und ihre Gefühle gegenüber dem Leben in ihr unter Kontrolle zu halten. Und wer sollte sich auch wünschen, ausgerechnet sie zur Mutter zu haben? Was würden sie und das Kind füreinander empfinden? Wie würde sie sich als Mutter fühlen? Und umgekehrt, wie würde es dem Kind mit ihr ergehen? Ist sie jetzt bereits Mutter? Aber eine Mutter, die sich am Mittwoch wieder von ihrem Kind verabschiedet. Wäre es für sie ein Verlust? Und im anderen Fall: Würde sie als Mutter anders auf die Welt blicken? Würde sie einen Weg finden, dieses Kind vor Grausamkeit und den Unbilden des Lebens zu schützen?

Granatapfelsaft. Eine nicht zu stillende Sehnsucht, ein Schandfleck. Aber sobald ihr Kind zur Welt käme, würde es ihr Leben für immer beherrschen. Es würde wie sie mit einem Fleck geboren werden, einer Traube aus saftigen, durchscheinenden, roten Samen. Einem kleinen, von den Blättern des Blütenkelchs gekrönten Granatapfel.

Draußen kündigt sich ein strahlend schöner Tag an, der von den glanzlosen Stunden der Selbstquälerei drinnen bei ihnen nichts weiß. Doch das Sonnenlicht, das ungefiltert durch die Fenster auf das Fußende des Bettes fällt, sorgt für neue Energie. Marta nimmt ihr Handy und klinkt sich ins digitale Ökosystem ein. Die Welt dreht sich offenbar immer noch. Sie überfliegt die furchtbaren Nachrichten, Kriege, Terrorismus, Diskriminierung, Politikversagen und Klimawandel. Aber es bleibt ihr nichts anderes übrig, als damit weiterzuleben, denn das ist die Welt, in der sie lebt.

Dann öffnet sie eine App und freut sich für eine Fotografin, die sie kennt und die als Künstlerin für ihre Arbeit über Landschaften und die durch ihre Bewohner ausgelösten Veränderungen und Belastungen einen wichtigen Preis erhalten hat. Marta mag politisch und sozial engagierte Fotografie. Und als Fotografin mag sie die Kommunikation über die Sprache der Bilder, bei der sie sich vorstellen kann, dass sie als Zuschauerin mit anderen Zuschauern in Kontakt tritt. Sie scrollt durch Fotografien, betrachtet eingehend ihr unbekannte Gesichter, liest die Kommentare und schaut, wer das letzte Foto, das sie selbst gepostet hat, mit einem Herz gelikt hat.

Das Bild ist drei Tage alt. Es ist von Samstag, kurz vor dem Konzertbesuch mit ihren Freundinnen, und zeigt sie, wie sie ausgelassen die Zungen herausstrecken und zwinkern, was bei ihr selbst allerdings ein wenig gezwungen wirkt. Marta erkennt das auf dem Foto sofort. Es war ihr schon am Samstagabend bewusst, aber jetzt, da sie das Bild betrachtet, fällt es ihr erst recht auf. Sie zoomt heran und konzentriert sich auf ihr übertriebenes Lachen. Dieses Lachen sollte überspielen, dass sie zu diesem Zeitpunkt bereits von der Schwangerschaft wusste. Es drückt keine Freude aus. Schließlich hatte sie sich ja bereits gegen das Kind entschieden. An diesem Abend lachte, sang und tanzte Marta, um sich nichts anmerken zu lassen und ihrem Entschluss auch sich selbst gegenüber jede Schwere zu nehmen. Wie schon bei früheren Gelegenheiten tat sie lieber so, als ginge es ihr blendend, auch, um den anderen nicht die Stimmung zu verderben. Deshalb lachte sie. Auch wollte sie Dani nicht beunruhigen, sondern ihm das Gefühl geben, dass alles beim Alten bleiben und das Leben auch nach dem Eingriff weitergehen würde wie vorher.

Als Nächstes betrachtet sie die Bilder ihres Neffen, die ihre Schwester gestern Abend gepostet haben muss. Ihr Neffe beim Krabbeln. Ihr Neffe mit versprenkelter Tomatensoße um Mund und Wangen und quicklebendigen, frechen, leuchtenden Augen. Ihr schlafender Neffe, der in seinen Träumen all die grundlegenden Erfahrungen mit Nahrung, Farben und Texturen in seinem engelsgleichen Köpfchen verarbeiten muss. Wovon soll denn ein Menschlein sonst träumen, das noch nicht lange genug auf der Welt ist, um zu wissen, dass es im Leben auch darum geht, Entscheidungen zu treffen und deren Konsequenzen zu tragen? Marta likt jedes der Fotos und wischt rasch weiter. Sie streicht in dieser virtuellen Welt mit dem Finger über lächelnde Gesichter, die vielleicht gern jemand anderes wären oder zumindest unter anderen Umständen leben würden, die sich vielleicht ein Kind wünschen, vielleicht aber auch nicht, und die auf der Suche nach einer Antwort, einem Herz, einem Symbol, einem bisschen Liebe sind. Marta würde das gern zu Papier bringen, um ihren Überlegungen eine Form zu geben, bis sie daraus ein Fotoprojekt machen kann. Sie spielt mit dem Gedanken an eine ambitionierte Ausstellung, eine Serie von Fotografien zum Thema Dualität, die zeigen sollen, welche Projektion die fotografierten Personen in den sozialen Medien von sich zeigen und was sie im Moment der Aufnahme tatsächlich denken. Doch um so etwas auf die Beine zu stellen, braucht man Zeit und Muße.

Sie schließt die App und checkt ihr E-Mail-Konto. Die erste Nachricht irritiert sie: Jemand, den sie überhaupt nicht kennt, gratuliert ihr via LinkedIn Monate zu spät zum Geburtstag. Idiot, knurrt sie leise. Als sie die Nachricht löscht, fällt ihr Blick auf den Absender der Mail direkt darunter. Und ihr wird plötzlich schwindlig: Meyer Riegger. Das Herz klopft ihr bis zum Hals. Sie dreht sich rasch zu Dani um, der sich im Schlaf an sein Kissen klammert. Dann drückt sie das Handy unbewusst an sich und wendet sich von dem Mann neben ihr ab. Sie schließt die Augen und murmelt *Bitte*, während der Text der Nachricht heruntergeladen wird, als könnte sie allein mit ihrem Wunsch die Zukunft ändern. Ungeduldig überfliegt sie den Text und muss dreimal von vorne anfangen, weil sie in der Eile die Perle, nach der sie sucht, nicht finden kann. Doch dann liest sie den entscheidenden Satz. Ihr Herz schlägt höher. Ihre Wangen brennen. Ein breites Lächeln umspielt ihre Lippen. Dann blickt sie zu Dani, und ihre Mundwinkel sinken herab. Er atmet tief und fest und ahnungslos. Die Perle funkelt: Man habe ihre Bewerbung erhalten, steht dort, und ihr Profil entspreche den Anforderungen für die ausgeschriebene Stelle in der Galerie Meyer Riegger. Man würde sich freuen, sie bei einem Vorstellungsgespräch persönlich kennenzulernen. Man bietet ihr zwei mögliche Termine in Berlin an und bittet innerhalb von drei Tagen um eine Antwort. Meyer Riegger. Sie hat sich wirklich keine großen Hoffnungen gemacht, als sie sich vor einigen Wochen beworben hat. Und nachdem sie von der renommierten Galerie nichts gehört hat, ist sie nicht mehr davon ausgegangen, dass sich ihr Traum von einem Vorstellungsgespräch bewahrheiten könnte. Als sie nun abermals die vielversprechende Nachricht liest, spürt sie, wie groß ihre Sehnsucht danach ist, sich in einem so reizvollen Umfeld wie Berlin neu zu erproben.

Marta hat in der Stadt jede Menge Kontakte. Und die Wohnung ihrer Oma. Eine solche Chance kann sie sich doch nicht entgehen lassen. Alles in ihr sehnt sich nach intellektueller und kreativer Verwirklichung.

Beseelt schlüpft sie rasch in ihre Jeans und zieht sich einen grauen Wollpullover über. Vor lauter Aufregung vergisst sie sogar den BH. Den Körper für eine Weile ausblenden zu können, nachdem ihre Gedanken in den vergangenen Tagen immer wieder darum gekreist sind, empfindet sie als Wohltat. Sie putzt sich hektisch die Zähne und verlässt mit Rufus das Haus. Sonst diktiert der gemächliche Schritt des alten Hundes das Tempo beim Gassigehen, aber heute sind die Rollen vertauscht. Marta fühlt sich außerstande, auf ihn zu warten, und dreht sich immer wieder zu Rufus um, um ihn zur Eile anzutreiben. Der Hund schaut sie geduldig an. Er spürt, dass er bei seinem Frauchen heute mit einem bloßen Blick nichts ausrichten kann.

Marta streift ziellos durch die Straßen, sie hat das Bedürfnis, ins anonyme Brausen der Stadt, die längst in Bewegung ist, einzutauchen. Am Vormittag hätte sie eigentlich Fotos für eine Reportage machen sollen. Doch der Termin wurde gestern Abend kurzfristig abgesagt. Also hat sie bis zum Nachmittag nichts zu tun, und diese Freiheit hat in diesem Fall etwas Furchteinflößendes. Bis zu ihrem Vater, ihrem Vertrauten seit Kindertagen, sind es nur ein paar Metrostationen. Ein beruhigendes Gefühl.

Der Gedanke an Dani dagegen, der wenige Straßen von ihr entfernt schläft, beunruhigt sie. Sie kauft Brot, eine Schachtel Zigaretten und Minzkaugummi. Dann kauft sie einer fliegenden Händlerin, die ihr vor einem Supermarkt *He, meine Hübsche* zuruft, Knoblauch und Zitronen ab. Beim Bezahlen schaut sie sie nicht an, denn sie scheut den Röntgenblick, den diese stirnrunzelnden Alten ihrer Überzeugung nach besitzen. Sie will nicht durchleuchtet werden. Sie braucht weder Knoblauch noch Zitronen. Auch kein Kaugummi, und nun trägt sie allerlei unnötige Dinge durch die Stadt. Aber ihre Runde durch die Stadt ist ein Aufschub, um ihre Entscheidung noch einmal zu überdenken. Dani ist nicht bloß ein Kumpel, mit dem sie die Wohnung teilt. Und entgegen ihren Behauptungen bei dem Streit letzte Nacht betrifft ihre Entscheidung zur Abtreibung auch ihn. Daran gibt es nichts zu rütteln.

Mit einem Mal stört sie das wohlige Gefühl des Miteinanders, an das sie sich längst gewöhnt hat. Dani ist für sie Meer, Intensität, Lachen, ein gutes Gespräch und Erotik. Er bietet ihr Schutz und lässt sie zugleich mit seinen Blicken zu einer attraktiven, freien Frau werden. Ob das reicht, um die Chance auf eine Stelle, von der sie so lange geträumt hat, und eine vielversprechende Zukunft als Fotografin in Berlin auszuschlagen? Noch vor Kurzem war sie überzeugt, wohl das Falsche studiert zu haben, weil sie nie einen guten oder zumindest angemessen bezahlten Job finden konnte, aber inzwischen möchte sie daran glauben, dass es nicht an der Wahl des falschen Studienfachs liegt. In Barcelona ist ihr Traum schlichtweg nicht realisierbar. Ihre Freundin Lisa Becker, eine deutsche Übersetzerin, mit der sie hier zwei Jahre lang in einer WG gewohnt hat, lebt nun in Berlin und ermuntert sie immer wieder, auch dorthin zu ziehen, weil sich dort auf dem Markt viel mehr tut. Lisa ist sich immer sicher gewesen, dass Marta ohne große Probleme in Galerien ausstellen oder vielleicht in der Werbung oder beim Film arbeiten könnte.

Marta ist sich darüber im Klaren, dass man Glück in der Liebe und beruflichen Erfolg nicht gegeneinander abwägen darf, und sie ahnt, oder legt es sich zumindest als Rechtfertigung zurecht, dass die Freuden der Liebe flüchtig sind. Also will sie sich nicht festlegen, und sie geht davon aus, dass auch Dani das nicht will. Allerdings hat sie nicht damit gerechnet, dass Dani die Schwangerschaft nicht als ihre ureigene Sache versteht, sondern ein Wörtchen mitreden will. Ihr gefällt diese neue Seite an dem Mann, mit dem sie zusammenlebt und der so gern möchte, dass sie die Mutter seiner Kinder wird. Durch die Mail heute Morgen, mit der sie nicht mehr gerechnet hat, hat sich die Fragestellung noch einmal verschoben und vielleicht zugespitzt. Ein Kind oder Berlin? Und ihr bleibt nicht viel Zeit, um sich zu entscheiden.

Im Frühherbst waren sie einmal abends mit einem Mietmotorrad auf dem Rückweg von Carles und Irene, die wenige Wochen zuvor eine Tochter bekommen hatten, durch die Stadt gefahren. Es war tagsüber sehr heiß gewesen. Die Sonne ging bereits unter, doch am Strand von Bogatell tummelten sich noch eine Handvoll später Touristen. Auf einer Ampel, die auf Rot umsprang, saß eine Möwe. Eine junge Frau überquerte mit einem kleinen Mädchen an der Hand die Straße. Sie gingen sehr langsam. Die unbeholfenen Schritte der Kleinen hatten etwas Anrührendes. Sie hatte bestimmt erst kurz zuvor das Laufen gelernt und zog alle Blicke auf sich. Ihre Mutter flötete unterdessen mit hoher Stimme die Namen von allem, was zu sehen war: *Vögelchen, Baum, Motorrad, Bus. Sieh mal, der Bus, auf Wiedersehen, Bus!* Das kleine Mädchen starrte verwirrt zu dem an der Ampel wartenden Bus, dessen Motor im Leerlauf unerwartet laut dröhnte. Auf dem Motorrad legte Marta das Kinn auf Danis Schulter und sagte: »Mit dir würde ich um nichts in der Welt ein Kind haben wollen. Wenn es ein Junge wäre, wäre er sicher der Kleinste der Klasse, und die Schule würde uns ständig anrufen, weil ihn einer gebissen oder er sich im Sportunterricht verletzt hat.«

»Ich liebe dich auch, Cruella de Vil.«

Ohne die Ampel aus den Augen zu lassen, streichelte Dani über ihr noch immer zart gebräuntes Bein, das der brummende Motor zum Vibrieren brachte. Sie nahm seine Hand und sagte, in Wahrheit wäre er sicher ein toller Junge, *zwar genauso ein Hänfling wie du, aber der beste von allen*. Als er sich überrascht zu ihr umwandte, war da etwas Neues in seinem Blick. Marta musste schallend lachen. Sie schaute ihn an und schüttelte den Kopf.

»Im Leben nicht, Dani!«

Die Ampel sprang auf Grün um. In jeder Kurve schmiegte sich Marta an ihn. Der Wind blies ihr ins Gesicht und wehte ihr Danis Duft in die Nase, sein Deodorant und den süßlichen Herrenduft, den sie so mochte. Sie legte die Arme fest um seine Taille, weil ihr mit einem kleinen Schauer aufging, dass sie ihn liebte.

Worte, die die Zukunft entwerfen, öffnen und schließen sich wie ein Fächer. Solange es noch nicht konkret wird, sind sie wie ein Katalog an Möglichkeiten, den man gleichgültig, ohne Eile oder sichtbare Regung durchblättert. Die Zukunft ist nur etwas für alte Leute. Die Jugend klammert sich an die Gegenwart.

Der Aufzug streikt, also geht Marta die drei Stockwerke zu Fuß hinauf. Sie drückt die Tüte mit den Zitronen und dem Knoblauch fester als nötig an die Brust, als ein Gedanke sie durchzuckt: Es kann nicht falsch sein, glücklich sein zu wollen, auch wenn dafür im Leben drastische Kurswechsel nötig sind. Mit zitternden Händen steckt sie den Schlüssel ins Schloss. In der Wohnung empfängt sie der Duft von frisch geröstetem Toast, wie ein Hauch von Wochenende, aber schon im nächsten Moment fällt ihr ein, dass heute Dienstag ist.

»Wo wart ihr?«, fragt Dani und tätschelt dem Hund die Flanke. »Ich habe dir Frühstück gemacht.«

Marta lässt die Schlüssel, den Knoblauch, den Kaugummi und die Zitronen auf die Marmorarbeitsplatte in der Küche fallen. Sie ringt nach Luft wie ein Fisch auf dem Trockenen, mit geöffneten Lippen, als wollte sie flehen: Hör auf, mich zu verwöhnen, mach es mir leichter, dir zu sagen, dass ich die Stelle annehme, denn das werde ich. Er streicht ihr die Haare aus dem Gesicht.

»Ist was passiert?«

Das Leben passiert, Züge passieren. Alles passiert. Aber das sagt sie nicht.

»Der Aufzug geht nicht.«

»Doch nicht schon wieder!« Als er ihr einen Teller mit zwei Scheiben Toast reicht, fällt sein Blick auf die Zitronen und den Knoblauch. »Was ist das denn?«

Marta berechnet in Gedanken die Marschroute, die sie sich zurechtgelegt hat, neu, sie leckt sich über die Lippen, als wollte sie vor dem Sprung Anlauf nehmen. Aber sie springt nicht. Sie merkt, dass sie noch mehr Schwung braucht.

»Da war wieder die Händlerin von neulich, und ich hab mir gedacht, ich kauf ihr mal was ab.«

Dani lacht.

»Prima«, sagt er und holt für Marta ein Glas Marmelade aus dem Kühlschrank. Marta versucht, sich an die unergründlichen Augen der Frau zu erinnern, an ihren Ruf *He, meine Hübsche*, an ihre Entschlossenheit, die gerunzelte Stirn und die braune, durch den Dutt gespannte Haut. Sie denkt an die Frau, so wie eine Turnerin vor der Übung die Hände mit Magnesia einreibt, um auf dem Barren nicht ins Rutschen zu kommen. Sie schaut auf das Marmeladenglas in ihrer Hand, schluckt und beschließt zu springen.

»Setzen wir uns einen Moment, Dani?«

Martas Tonfall und ihr gesenkter Blick, die Art, wie sie seine Hand nimmt und ihn zum Stuhl führt, sagen Dani, dass das, was nun folgt, Stoff für eine Geschichte über Verlierer liefern wird.

AUS DEM TAKT

19

Anfangs wirkt Marta beherrscht. Sie nimmt sich bewusst zurück, denn sie will sich ihre Nervosität nicht anmerken lassen. Es gehe ihr weder um Verständnis noch um Mitleid, sagt sie. Sie wolle nur versuchen, ihm zu erklären, was sie denkt. Dani solle ihr einfach bloß zuhören. Es sei zwar richtig, dass sie immer sehr auf ihre Freiheit bedacht gewesen sei, aber er müsse wissen, dass sie ihn in ihre Pläne miteinbezieht.

»Ich lasse dich nicht außen vor, hörst du? Aber ich kann natürlich nicht für dich entscheiden. Das musst du selbst tun.«

Sie unterbricht sich kurz und gewährt ihm so eine Atempause. Denn Dani muss erst einmal verdauen, was sie ihm verkündet hat: Wenn ihr Vorstellungsgespräch erfolgreich verläuft, zieht sie nach Berlin und nimmt die Stelle in der Galerie an. Marta schaut zum kleinen Küchenfenster, das auf den Innenhof hinausgeht. Dani kratzt einen festgeklebten Brotkrümel vom Tisch. Die Stille zwischen ihnen lastet schwer.

»Was entscheiden? Ob wir zusammenbleiben?«, fragt er traurig und erschöpft. Kopfschüttelnd sieht er sie an.

»Quatsch! Ich rede doch nicht davon, dass wir uns trennen sollen, Dani!«

Sie will sich selbst von ihren Worten überzeugen. Deshalb drückt sie sein Handgelenk, das auf dem Tisch liegt. Deshalb ihr Tonfall. Das eine habe doch nichts mit dem anderen zu tun, erklärt sie. Ihre Munterkeit steht im krassen Gegensatz zu seiner Niedergeschlagenheit.

»Ich baue fest darauf, dass du mitkommst. Du weißt, ich rede schon seit Langem davon, Dani. Alle ziehen weg. Das ist nichts Besonderes. Sieh dir bloß Magda und Roger oder deine Schwester an. Und Alicia ist sogar in Boston! Die Strecke Berlin-Barcelona ist nicht die Welt, es spricht nichts dagegen, dass wir oft herkommen, um unsere Familien und Freunde zu besuchen. Und du kannst sowieso von überall aus arbeiten.«

»Das sagst du. Ich kann zwar überall schreiben, aber auf tägliche Videokonferenzen habe ich keine Lust. Was ist mit den Meetings? Und außerdem habe ich hier ja auch noch meinen Unterricht.«

»Aber du unterrichtest doch ohnehin nicht gern. Oder? Denk dran, bei meinem Gehalt könntest du das lassen. Und für die Wohnung meiner Oma müssen wir anders als hier keine Miete zahlen. Wir könnten leben wie die Made im Speck, Dani.«

Seufzend schließt er die Augen und reibt sich nervös mit der Hand über das Kinn. Und was ist mit dem Kind, fragt er sich. Morgen ist Mittwoch. Gleich darauf fühlt er sich elend.

»Was soll ich dazu sagen?«, donnert er los. »Was willst du hören? ›Ja, prima, tolle Idee, ziehen wir nach Berlin‹?«

Marta schlägt die Augen nieder.

»Du bist ziemlich egoistisch, weißt du das?«

»Ich? Jetzt soll also ich der Egoist sein. Wir sind hier gerade mal vor einem Jahr zusammen eingezogen. Du willst auf Teufel komm raus bei der erstbesten Gelegenheit in den Sack hauen, aber ich bin der Egoist. Geht's noch?«

»Barcelona ist nicht der Nabel der Welt, Dani. Okay, dann bleiben wir eben hier. Bleiben wir hier, lenken uns an den Wochenenden ab, und wenn wir anschließend in diese winzige Wohnung zurückkommen, tun wir so, als wäre alles easy.«

Sie nimmt sein Gesicht in beide Hände und schaut ihn an.

»Dani, hör zu, denn ich sage es nur noch einmal: Ich fahre nächste Woche nach Berlin zu dem Vorstellungsgespräch. Wenn sie mich nehmen, ziehe ich dorthin. Ich möchte, dass wir zusammen gehen. Bitte, komm mit.«

Für einen Moment ist ihm, als könnte er beinahe ihre Gedanken hören, und er ist versucht, auf ihren Vorschlag einzugehen. Er wolle mit ihr zusammenleben, ob mit Kind oder ohne, liegt ihm auf der Zunge. Und warum nicht in Berlin. Aber dann bringt er die Worte nicht über sich.

»Verdammt, Marta, ich dachte bisher, es ginge dir trotz aller Probleme ziemlich gut. Hier. Mit mir.«

»Und was ist mit unserer Arbeit?«

»Unsere Arbeit? Wir haben doch ein Riesenglück, diese Arbeit zu haben. Du bist ja wie besessen vom Arbeiten!«

Da schreit Marta in blinder Wut los. Sie habe die Nase voll von Ein-Jahres-Verträgen und befristeten Jobs, mit denen man gerade so über die Runden kommt. Und er freue sich nicht für ihre Chance und zeige keinerlei Unterstützung.

»Dabei ist das Ganze doch auch für dich eine Gelegenheit, erkennst du das denn nicht?«

Als Dani Marta die Fassung verlieren und mit verzerrter Miene weit ausholend gestikulieren sieht, wird ihm auf einmal klar, dass sie vom Leben mehr erwartet als er und wie sehr diese Erwartung sie antreibt. Er verspürt einen Anflug von Neid. Er wünschte, er könnte ihr Barcelona und das Leben, das ihm für sie beide vorschwebt, seinen Wunsch nach Stabilität und seine neue Sehnsucht nach einer Familie mit dem gleichen Furor und der gleichen Leidenschaft schmackhaft machen wie sie ihm Berlin.

»Ich fahre jedenfalls nächste Woche nach Berlin. Mach, was du willst«, sagt sie und verschränkt die Arme vor der Brust.

Für einen Moment vergisst Dani, wie es ist, sich nach ihr zu sehnen, wenn sie wochenlang unterwegs ist, wie er sie bewundert, wenn sie sich mit anderen unterhält, wie es ist, mit dieser Frau zu schlafen, sie mit Haut und Haar zu verschlingen, sie zum Lachen zu bringen, sie unter der Dusche singen zu hören, der Stille in ihren Fotos nachzuspüren. Für einen Moment vergisst er das alles und sucht nach Worten, um sie bewusst zu verletzen. Du bist so eine …, du bist so …, du denkst immer nur an …, liegt ihm auf der Zunge. Aber bevor er sich an Floskeln die Finger verbrennt, löscht er sie aus wie Streichhölzer.

»Und was ist damit, was ich will, Marta? Zählt das denn gar nicht?«, schreit er schließlich.

Er springt auf und rennt aus der Küche. Im Wohnzimmer lässt er sich aufs Sofa fallen. Sie folgt ihm.

»Was willst du denn, Dani? Überleg dir gut, was du sagst. Was willst du?«

Er zeigt auf ihren Bauch, auf das Offensichtliche. Dann bittet er sie, sich zu setzen. Rasch nimmt sie Platz.

»Es hat mit meinem Vater zu tun.«

Es kommt für Marta unerwartet, dass er sich öffnet. Gewöhnlich spricht Dani nicht über seinen Vater. Aber nun beschwört er ihn in einem Tonfall herauf, dass sie betroffen schweigt. Über Danis Vater und seine Beziehung zu ihm weiß sie wenig, er hat sich zu dem Thema immer bedeckt gehalten und ist auf ihre neugierigen Fragen am Anfang ihrer Beziehung nicht eingegangen, bis sie irgendwann das Fragen aufgegeben hat. Warum er gerade jetzt auf ihn zu sprechen kommt, begreift sie nicht. Sie ahnt, dass Dani tief in seinem Inneren Erinnerungen an seinen Vater verborgen hält. Sie hat seinen Anflug von Trauer bemerkt, als ihr beim Umzug zufällig ein Fotoalbum in die Hände fiel und er ihr rasch ein paar Bilder von seinem Vater zeigte. Jetzt nimmt Marta, um Nähe bemüht, seine Hand. Obwohl sie ihre Ungeduld kaum zügeln kann, zwingt sie sich zu warten, bis er spricht.

»Ich glaube, ich möchte Vater werden. Ich glaube, ich brauche das.« Er starrt auf ihren Bauch. »Mein Vater … ganz plötzlich … Ach, Marta, ich weiß nicht, wie ich es dir erklären soll, aber auf einmal fehlt er mir. Ich weiß, das ergibt keinen Sinn, aber ich glaube, wenn ich selbst einen Sohn hätte, würde es irgendwie nicht mehr so wehtun, keinen Vater gehabt zu haben. Und ich möchte der Vater von deinem Kind sein, Marta, nicht von dem einer anderen.«

Sie lässt seine Hand los und streicht sich rasch die Haare hinter die Ohren. In ihr steigt eine schreckliche Angst auf. Sie will sich seine Bedürfnisse nicht überstülpen lassen. Seine Worte haben sie unvorbereitet getroffen und haben das Potenzial, ihre Entschlossenheit zu untergraben. Um ihre Betroffenheit zu überspielen, geht sie in die Küche und gibt dem Hund Wasser. Dani folgt ihr, langsam und schwerfällig wie eine Schnecke, die eine Spur hinter sich herzieht. Rufus tappt schwanzwedelnd auf sie zu. Seine Zufriedenheit ist ein Kontrast zu der Stimmung zwischen ihnen beiden. Er schlabbert geräuschvoll sein Wasser, während Marta und Dani seinen Rücken tätscheln, ohne einander anzusehen, unfähig, einen Schritt auf den anderen zuzugehen. Ein Sonnenstrahl fällt durch das Küchenfenster. In der Luft schwebende Staubpartikel tanzen arglos darin, als ob nichts geschehen wäre. Die Sonne, der Staub, die Zitronen, Rufus' Ball und ein paar vergessene Toastbrotscheiben auf dem Teller. Marta sucht seinen Blick, schüttelt stumm den Kopf und weist seine Bitte zurück. Aber in seinem Überschwang ist Dani blind dafür. Er lässt sich nicht stoppen.

»Es geht uns doch gut, Marta. Es läuft doch bei uns. Ich finde, wir sollten den Versuch wagen, wir wären sicher gute Eltern. Es wäre bestimmt toll. Bitte denk noch einmal darüber nach.«

»Und denk du darüber nach, aus Barcelona wegzuziehen.«

Sie schauen einander an, ein jeder gefangen in seinem Lebensentwurf. Beiden ist unbehaglich in dieser Sackgasse.

»Lass uns zusammen nach Berlin gehen, Dani.«

Marta wirkt erschöpft, wütend oder verzweifelt, aber sie ist offenbar fest entschlossen, sich über seine Wunschträume hinwegzusetzen. Dani seufzt. Er will sich nicht in die Enge treiben lassen. Und mit einem Mal wird ihm bewusst, wie sehr der Lebensgroll seiner Mutter, ihre pessimistische Grundhaltung, ihn geprägt und sich wie ein bleierner Schatten über sein Leben gelegt haben. Dani will auf keinen Fall werden wie seine Mutter. Bestimmt hat er auch positive Eigenschaften von ihr geerbt, und bestimmt wäre es gut, wenn er seiner Mutter helfen könnte, die Fassade aus Trostlosigkeit und Trauer zu durchbrechen, aber im Augenblick geht es ihm darum, sein Leben in den Griff zu bekommen.

»In Ordnung«, sagt er nach einer langen Pause, »aber das Einzige, das ich auf Deutsch sagen kann, ist: ›Kannst du das bitte wiederholen.‹ Das ist nicht viel, also muss ich wohl die Sprache lernen. Krass!«

Marta strahlt über das ganze Gesicht. Lachend fällt sie ihm um den Hals und küsst ihn. Dani hingegen ist insgeheim klar, dass er mit seinen Worten Zeit gewonnen, aber keine Entscheidung mitgeteilt hat. Denn in ihm regt sich erneut Widerspruch. Berlin statt des Kindes. Klar, aus einer Stadt kann man jederzeit weglaufen. Aber er schweigt. Jetzt ist nicht der passende Zeitpunkt, doch bis morgen will er einen Weg finden, das Thema anzusprechen. Einstweilen belässt er es dabei, sie in den Arm zu nehmen. Er will nicht nach Berlin gehen. Aber er will auch nicht den Menschen verlieren, den er so sehr liebt, wie man die Mutter seiner Kinder lieben sollte.

20

In den für Barcelona typisch milden Winter ist plötzlich eine Kältewelle hereingebrochen. Als Dani die Carrer Balmes überquert, meint er, auf der Serra de Collserola und dem Tibidabo eine dünne Schneeschicht zu sehen. Erst die Morgensonne und nun der schmutzig weiße Himmel. Hoffentlich kein böses Omen, denkt er.

Als Clara ihm zur Begrüßung in ihrem Büro zwei Wangenküsschen gibt, sagt sie, seine Nasenspitze sei eiskalt. Dani nimmt erfreut zur Kenntnis, dass sie offenbar an den neuen, vertrauten, freundschaftlichen Tonfall des gestrigen Abends anknüpft. Er sieht sich um und ist gleich von den eleganten Regalen, dem modernen Sofa und dem Beistelltisch aus Massivholz angetan, auf dem neben einem Papierstapel eine Vase mit frischen Blumen und Fotos, vermutlich ihrer Kinder, stehen. Der ganze Raum strahlt eine Harmonie aus, die Claras Ordnungsliebe verrät. Und wie jedes Mal in einer derart geschmackvollen, harmonisch gestalteten Umgebung fühlt sich Dani fehl am Platz. Ein Nachhall seiner sozialen Herkunft.

»Möchtest du etwas trinken?«

»Kann ich eine rauchen?«

»Nein, tut mir leid. Kaffee?«

»Gern.«

Er beobachtet sie, während sie mit Tassen hantiert, und findet sie wie am Vorabend sehr attraktiv, wahrscheinlich, weil sie es nicht darauf anlegt zu gefallen. Sie würde sich gut als zwischen Moderne und Tradition hin- und hergerissene Heldin in einem Almodóvar-Film machen. Clara macht den Eindruck, als wollte sie die Welt um sich herum in Ordnung bringen. Wie soll er ihr bloß sagen, dass er nach Berlin geht? Sie nehmen Platz, sie hinter dem Schreibtisch, er davor.

»Es soll angeblich schneien und sogar hier in der Stadt ziemlich kalt werden.«

Clara verzieht das Gesicht, als müsste sie sich das Lachen verkneifen.

»Ach, kalt soll es werden? Jetzt verstehe ich, warum ich deinetwegen das Meeting heute Nachmittag verschieben musste. Du machst dir also Sorgen über den Wetterumschwung …« Noch bevor sie den Satz beenden kann, prustet sie los. »Aber zur Sache, Dani. Was gibt es so Dringendes?«

»Berlin.«

»Geht das schon wieder los?«

Frustriert lehnt sie sich zurück und wirft ihren Stift auf den Tisch. Ihre Miene verfinstert sich.

»Nein, Clara, darum geht's nicht. Ich meine nicht die Serie, entschuldige. Obwohl, irgendwie doch. Es geht um mich. Ich ziehe nach Berlin.«

Sie zieht eine Augenbraue hoch und sieht ihn überrascht an. Dann seufzt sie plötzlich und legt ihr Gesicht in beide Hände. Als er zu einer Erklärung ansetzt, unterbricht sie ihn mit einem Wink und bittet ihn, sie nachdenken zu lassen. Dani empfindet ihre Reaktion als überzogen. Es dauert eine Weile, bis sie ihm schließlich erklärt, dass eine weitere Zusammenarbeit über diese Entfernung nicht möglich sei.

»Nicht, solange du bei *Lara* mitarbeitest, falls du deshalb mit mir reden wolltest.«

Dani spürt eine leichte Übelkeit, dabei hatte er es geahnt.

»Das ist ausgeschlossen, Dani.«

Und dann erklärt sie ihm, dass ihr selbst die kurzen persönlichen Teammeetings bei der Arbeit heilig sind. Sie wisse, dass sie es gewohnt seien, zu Hause zu arbeiten, und habe nicht alles über den Haufen werfen wollen, als sie bei der Produktionsfirma angefangen hat, aber sie selbst brauche nun einmal den direkten Kontakt mit den Autoren. Sie unterbricht sich und nimmt den Stift zur Hand. Dani sieht ihr zu, wie sie nervös die Kappe abzieht, um sie gleich darauf wieder aufzustecken.

»Aber weißt du was, Dani?«, sagt Clara schließlich. »Ich habe bisher noch nichts darüber verlauten lassen, weil mir noch das letzte Okay fehlte, aber ich habe die Zusage und die Mittel für ein neues Projekt so gut wie sicher. Und dabei habe ich gleich an dich gedacht. Ich mag es, wie diszipliniert du arbeitest. Sehr sogar. Deshalb würde ich das gern mit dir zusammen machen. Natürlich hole ich noch jemanden ins Team, vielleicht Jaime oder Laia, das weiß ich noch nicht. Auf jeden Fall einen von den Jüngeren, die Vollgas geben. Sag mir: Stehst du zuverlässig für ein oder zwei persönliche Meetings pro Monat zur Verfügung?«

Dani freut sich über die berufliche Anerkennung, aber zugleich wird ihm eng ums Herz. Zwar würde sie ihn gern bei einem neuen Projekt einspannen, aber mit *Lara* wäre es dann vorbei. Ein Meeting pro Monat. Wie soll er Clara erklären, dass er bei dem Gedanken an die Zukunft nur ein schwarzes Loch vor sich sieht? Er kann sich ein Leben an einem Ort, den er nicht kennt, in einer unbekannten Wohnung, in fremder Umgebung nicht vorstellen, kann sich nicht auf einer Reise sehen, die er noch nicht einmal angetreten hat. Claras Angebot auszuschlagen wäre Wahnsinn, auch wenn er die Details noch nicht kennt. Wenn er nicht von Marta wirtschaftlich abhängig sein will, muss er handeln. Nachdem Marta sich gegen das Kind entschieden hat, muss er keine Rücksicht auf eine Vaterrolle nehmen und kann beruflich Vollgas geben. Und falls sie sich doch noch anders entscheidet, wird er Marta eben einmal im Monat in Berlin mit dem Kind allein lassen.

»Na klar, auf jeden Fall.«

Er legt so viel Überzeugungskraft in seine Worte wie möglich. Als wäre er Herr der Lage. Voller Mut und Zuversicht. Clara setzt zu einem ernsten Vortrag über das Projekt an, nennt Namen und Zahlen und erläutert kurz, was sie von ihm erwartet. Er fühlt sich in seinem Element und muss doch gleichzeitig feststellen, dass im Privaten wie im Beruflichen eine Frau die Geschicke seines Lebens lenkt, während er sich damit begnügt, den Plänen eines anderen Menschen zu folgen. Nur in seinen erdachten fiktiven Welten ist er der Held, kann er handeln und nicht nur reagieren. Eine Weile dreht sich das Gespräch darum, wie er sich schrittweise aus dem anderen Projekt zurückziehen kann, ohne dass es zu Kollateralschäden kommt. Dani hat insgeheim gehofft, Clara würde ihn fragen, was ihn zu dem Ortswechsel bewogen hat. Natürlich verbindet sie beide die Arbeit, und Clara ist seine Chefin, aber haben sie gestern Abend im Pub nicht zu einer Art Vertraulichkeit gefunden? Wie gerne hätte er mit ihr über seine Situation gesprochen.

Doch er kann nicht wissen, dass auch Clara die sich anbahnende Freundschaft gern vertieft hätte. Jetzt bedauert sie, dass sie Dani künftig nur noch in Skype-Gesprächen sehen wird, und mauert. Wie gerne hätte sie ihrerseits Dani anvertraut, dass sie die Telefonnummer der jungen Frau aus dem Fitnessstudio bekommen und sich mit ihr verabredet hat. Es lag ihr bei seinem Eintreten schon auf der Zunge, aber seine Berlin-Pläne haben das Gespräch sofort in eine andere Richtung gelenkt.

So fühlen sich beide mutterseelenallein, und darüber kann auch die Anwesenheit des anderen nicht hinwegtrösten. Sie sind enttäuscht, dass sich nicht wieder die gleiche Verbundenheit einstellen will wie am Vorabend. In der Überzeugung, ihr Gegenüber käme auch gut ohne sie aus, sagen sie nichts von dem, was ihnen auf dem Herzen liegt. Doch dann gibt Dani sich einen Ruck.

»Marta ist schwanger.«

»Ach? Und wie kannst du dir dann so sicher sein, dass du mindestens einmal im Monat nach Barcelona kommen kannst?«

Claras argwöhnischer Unterton verwirrt ihn. Und wie schnell ihre Antwort kam. Ja, sie denkt wirklich nur an die Arbeit. Bis zu ihrem Treffen hätte er seine Hand dafür ins

Feuer gelegt, dass das *Lass uns in den nächsten Tagen mal einen Kaffee trinken gehen* von gestern nicht bloß eine leere Floskel war, sondern eine ausgestreckte Hand, die Freundschaft, die sich zwischen ihnen anzubahnen schien, zu vertiefen. Aber er hat sich offenbar getäuscht.

»Dani, ihr Männer seid es nicht gewohnt, im Arbeitsleben dafür bestraft zu werden, wenn ihr Kinder bekommt. Aber du kannst jetzt noch nicht sagen, wie du deine Vaterrolle und die Arbeit in ein paar Monaten vereinbaren willst, auch wenn du das gerade versuchst. Ich biete dir das Projekt doch deshalb an, weil du dich bisher so engagiert hast. Natürlich auch weil mir deine Schreibe gefällt, aber du lieferst auf den Punkt, und das ist wichtig. Und ich kann nichts riskieren, das verstehst du doch, oder? Ich kenne weder deine Partnerin noch dich näher. Aber eines ist sicher – du kannst noch nicht wissen, ob nicht sie oder das Baby dich ausgerechnet an den Tagen, an denen wir uns zum Arbeiten treffen wollen, dringend in Berlin brauchen.«

Dani fühlt sich angegriffen und protestiert. Doch Clara beharrt darauf, dass sie bei ihrem Job nicht improvisieren können und es keine Spielräume gebe. Da komme es auf gegenseitiges Vertrauen und unbedingte Zuverlässigkeit an.

Sie sei eben von der alten Schule. Sie will gerade wieder zu einer Tirade über die Branche ansetzen, da erwacht mit einem Mal die Clara von gestern Abend in ihr und nimmt die Zügel in die Hand. Sie steht auf, seufzt aus tiefster Kehle, worüber sie selbst lachen muss, und geht um den Schreibtisch herum. Dann legt sie ihm die Hände auf die Schultern und schüttelt ihn.

»Glückwunsch! Verdammt, ist das ein Scheißjob! Du sagst mir, dass du Vater wirst, und ich rede nur über die Arbeit.«

»Ach, schon okay. Außerdem … spielt das vielleicht ohnehin keine Rolle. Denn höchstwahrscheinlich bekommen wir es nicht. Also, das Kind, meine ich.«

Sie wechseln einen Blick. Dann geht Clara zum Schreibtisch und öffnet eine Schublade. Sie kehrt zu Dani zurück und streckt ihm in der einen Hand ein Feuerzeug und in der anderen zwei Joints entgegen.

»Meinst du, du verkraftest den … wie war das noch gleich? … den Temperatursturz, wenn ich das Fenster aufmache, solange wir einen durchziehen?«

MITTWOCH

9. WOCHE

21

»Verdammt, Dani! Ich mache noch zwei Runden um den Block, aber im Zweifelsfall fahre ich in das Parkhaus von eben. So eine Scheißstadt. Wir wären besser mit der Metro und dem Bus gefahren.«

»Ich hab dir ja gleich gesagt, dass du ins Parkhaus fahren sollst.«

Sie verstummen, denn sie wollen auf keinen Fall wieder in das typische Paargezänk verfallen, in das sie sich in den letzten Tagen verstrickt haben. Darüber wollten sie doch immer erhaben sein.

Marta setzt den Blinker, um rechts abzubiegen. Das Geräusch hallt in dem peinlich sauberen, aufgeräumten Auto, das immer riecht wie ein frisch geputztes Büro und in dem ein Hauch des Herrenduftes von Martas Vater in der Luft liegt. Vor dem Betreten der Klinik wird Marta ihre linke Schulter berühren, die Stelle, an der der Sicherheitsgurt aus dem Auto ihres Vaters auf ihrer Jacke gelegen hat.

Sie drehen auf gut Glück eine letzte Runde um den Block und fahren dann zum Parkhaus.

»Hast du die Papiere dabei?«

Als Dani die Beifahrertür zuschlägt, hallt es wie ein Donnerschlag durch das dunkle Parkdeck. Auf Marta wirkt sein sanfter Tonfall so, als wollte er ihr zeigen, dass er ihr nichts nachträgt. Sie sind um Toleranz bemüht, nachdem sie sich gestern Abend heftig gestritten haben. Die schlimmste Auseinandersetzung, die sie je gehabt haben. Der Auslöser waren ihre Überlegungen, wie der kommende Tag, der alles entscheidende Mittwoch ablaufen sollte. Bei großen Entscheidungen – Kommst du mit nach Berlin? Bekommen wir dieses Kind? Ja oder Nein? – sind oft die vielen kleinen nicht mitgedacht. Zum Beispiel die Frage nach dem Transportmittel, Anrufen bei der Arbeit, dem Papierkram, den Fragen, was nachher passieren würde, ob sie Rufus bei den Italienern von nebenan lassen sollten, ob sie lieber das Essen mit Danis Kollegen am nächsten Sonntag absagten und wenn ja, welche Ausrede sie vorschieben könnten, da sie das Treffen doch selbst organisiert hatten.

Dani war darüber informiert gewesen, dass Marta am Freitagnachmittag einen Termin bei ihrer Gynäkologin gehabt hatte, um sich zu erkundigen, wie es nach dem Eingriff weiterging. Aber erst als sie gestern Abend den Ablauf planten, erwähnte sie beiläufig, als hätte sie es vorher vergessen, dass sie am Freitag nach dem Besuch bei der Frauenärztin mit ihrem Vater an der Klinik, in der die Abtreibung vorgenommen würde, vorbeigefahren war, um herauszufinden, wie weit sie entfernt war, und dass es offenbar nicht schwierig sein würde, in der Gegend etwas zum Parken zu finden. Das Zusammentreffen der Worte *Abtreibung* und *Parken* in ein und demselben Satz schockierte sie beide, aber sie schwiegen. Dani fragte nach, weil er seinen Ohren nicht traute.

»Dein Vater?«

»Ja, er hat mich begleitet.«

Dani war noch immer benebelt gewesen. Nachdem er mit Clara in ihrem Büro das billige Haschisch geraucht hatte, waren sie noch auf ein paar Drinks in einer Bar eingekehrt, wo er seinen Gedanken nachhing, während Clara auf ihn einredete. Er solle auf das typische Rollenverhalten verzichten und erkennen, dass Mutterschaft von der Kultur, überkommenen Vorstellungen der Familie und der Religion herrührenden Zwängen unterliege, die Marta mit ihrem Verhalten durchbreche. Auf ihn wirkte das wie auswendig gelernt. Solche Sprüche hatte er in letzter Zeit schon mehr als einmal gehört und gelesen. Natürlich unterlag Elternschaft gesellschaftlichen Konventionen, aber was hatte das mit seinem Wunsch zu tun, Vater zu werden? Warum hatte er nicht das Recht, selbst darüber zu bestimmen, wie er Vater werden wollte? Seit Marta ihm eröffnet hatte, dass sie schwanger sei, war alles neu für ihn, selbst die Freude, und vielleicht lag es daran, dass er es überhaupt nicht unsinnig fand, Marta vorzuschlagen, eine Familie zu gründen. Vielleicht suchten sie am Ende beide nach einem festen Ort – für sie war das Berlin, für ihn im übertragenen Sinne die Familie. Vielleicht ging es auch um Anerkennung und Identität, die er in der Vaterschaft, sie hingegen im Beruf zu finden hoffte.

Clara ließ warnend die Eiswürfel in ihrem Glas vor seinen schläfrigen Augen klimpern.

»Marta ist noch jung. Wenn sie das Glück hat, ihr Leben in vollen Zügen zu genießen, und ein Kind einfach nicht reinpasst, dann denke nicht mal im Traum daran, darauf zu beharren, Dani. Beiß dir auf die Zunge, bevor du ihr von deinen Wünschen erzählst, wenn sie mit ihren kollidieren. Du hast keine Ahnung, wie schrecklich diese Entscheidung für oder gegen das Kind für sie sein muss.«

Schrecklich. Sein Magen grummelte. Er kam sich vor wie ein Ungeheuer, war mit einem Mal nicht mehr sicher, mit seiner Aufrichtigkeit das Richtige getan zu haben. Was hatte ihn dazu getrieben, Marta in den letzten Stunden bei allem zu widersprechen? Er blickte Clara an und setzte schon zu einer passenden Antwort an, einer Entschuldigung oder Rechtfertigung, aber er wusste, dass er für den unerfüllbaren Wunsch, durch ein eigenes Kind seinen Vater wiederzufinden, nie die richtigen Worte finden würde. Er wollte eine Leerstelle mit einem Sohn füllen. Wie sollte er das jemandem erklären, wenn er es doch selbst nicht verstand. Und warum sollte er einem Menschen vertrauen, der sich wie er selbst mit etwas so Flüchtigem wie Fiktionen beschäftigte? Was, wenn Clara sich irrte? Und was, wenn Marta später ein Kind wollte, es dann aber schon zu spät war? Wie oft hatte er von Leuten in seinem näheren Umfeld gehört, die darauf vertrauten, dass die moderne Medizin ihnen ihre Kinderwünsche erfüllen würde? Was wäre denn, wenn sich Marta eines Tages ein Kind wünschte, sie aber dann zu alt wären, um noch Eltern zu werden? Wie stehen Eltern mit knapp fünfzig die schlaflosen Nächte mit einem Säugling durch? Was sagt der Rücken eines fast Sechzigjährigen dazu, der versucht, dem Nachwuchs das Fahrradfahren beizubringen? Wie erträgt man mit siebzig einen respektlosen Teenager? Von welcher Rente soll man mit achtzig für die Studiengebühren aufkommen? Gäbe es die Uni überhaupt noch, wenn er achtzig wäre? Dani taucht aus dem dumpfen Brüten auf und muss in seinem alkoholbenebelten Geist an Anthony Quinn und seine legendäre Kinderschar denken, die ihm seine diversen Ehefrauen und Geliebten bis ins hohe Alter beschert haben.

»Anthony Quinn? Du alter Mann, Dani.«

Clara lachte.

»Wer zuletzt lacht, lacht am besten, Clara.«

»Der König der Comedy klammert sich an einem schnöden Dienstagabend um sieben Uhr an einen Gin Tonic. Wenn die Fans von *Lara* das sehen könnten.«

»Und was ist mit seiner Chefin? Sie macht sich zur Witzfigur. Verliebt wie ein Teenager in eine Frau, die auf ihre Nachricht nicht antwortet, weil sie sie nur nackt in der Dusche eines Fitnessstudios gesehen hat.«

»Ach, rutsch mir den Buckel runter, Herzchen. Im Leid anderer suhlt es sich trefflich.«

Ihre Zungen waren schwer, und er hatte leichte Kopfschmerzen und Sodbrennen, aber sie lachten wie zwei Ertrinkende, die froh sind, einander gefunden zu haben. Dani kam diese kleine Auszeit ganz gelegen. Er musste sich noch überlegen, wie er sich entschuldigen sollte, und dieses soeben gefallene Attribut *schrecklich* für sich einordnen. Er stellte sich Marta mit einem Kind im Arm vor, das sie anfangs nicht gewollt, dann aber doch zu lieben gelernt hatte. Eine Marta ohne ihre Glaubenssätze, eine Marta, die nicht aus freien Stücken Mutter wurde, sondern weil er sie davon überzeugt hatte, dass es gut gehen würde und dass sein Bedürfnis, Vater zu werden, wichtiger war als die Frage, ob sie Mutter sein wollte oder nicht. Vielleicht genügte das heilige Band zwischen Mutter und Kind, das für ihn so offensichtlich war, damit Marta ein neues Leben voller Liebe umsorgen könnte, bis sie selbst daran glaubte, dieses Band habe von Anfang an existiert.

Verlegen blickte er zu Clara, aber die achtete nur auf den auf stumm geschalteten Fernseher der Bar. Die Nachrichten zeigten Menschenmengen in den Straßen der Stadt, Chaos und Verwirrung. Nicht nur die Geschichte wiederholt sich, auch die Erinnerung produziert Wiederholungen und unbewusste Plagiate, wenn man am wenigsten damit rechnet.

Dani musste an einen Winternachmittag denken, als er mit Anna auf dem Sofa gesessen hatte. Die Mutter war noch nicht von der Arbeit heimgekehrt. Auch wenn er damals die Uhr noch nicht lesen konnte, wusste er, dass es bei Beginn der Nachrichten schon zu spät war, um noch auf zu sein. Studenten hatten sich zusammengeschlossen und waren auf die Straße gegangen. Die Fernsehbilder zeigten Barrikaden, Polizeigewalt, es waren Sirenen zu hören. Anna legte ihm ihre Große-Schwester-Hand über die Augen, eine Kinderhand, und sagte, er dürfe das nicht sehen. Als er sich wehrte, öffnete sie schließlich die Finger einen Spaltbreit. *Aber sag das bloß nicht Mama.* Dieses stille Einvernehmen, an das er nun mit dieser Erinnerung anknüpft, hatte zeit seines Lebens zwischen ihnen geherrscht. Er vermisste Anna, merkte er, während er Clara wie in weiter Ferne sprechen hörte. Wichtige Menschen wie Anna oder seinen Onkel Agustín vernachlässigte er allzu oft, Menschen, die seinen Schmerz lindern könnten und die er schon viel zu lange nicht mehr angerufen hatte, weil er es zu mühsam fand, seine Schwermut vor ihnen zu verbergen. Er versuchte sich vorzustellen, wie die alte Stimme seines Onkels oder die ruhige Stimme von Anna klingen würden, wenn er ihnen gestand, wie sehr ihn der Verlust des möglichen Kindes und der Vaterschaft schmerzte, wie weh ihm Martas mangelndes Vertrauen tat. Sie würden ihn trösten, aber er ahnte, dass er das Ganze lieber verschweigen sollte. Für eine kurze Weile ist er der Vater von jemandem gewesen. Das war eine Tatsache, mit der er allein fertigwerden musste.

Clara machte Anstalten, sich den Mantel anzuziehen. Anna war nicht greifbar, und er hätte es nicht über sich gebracht, mit seinem Onkel zu reden, der es sicher brühwarm seiner Mutter weitererzählen würde, aber diese Frau war bereit gewesen, seinetwegen ein wichtiges Meeting abzusagen. Clara war eine ungewöhnliche Bekanntschaft, eine ebenso unverblümte wie aufrichtige Frau, die ihn davon überzeugt hatte, dass es richtig war, ihr sein Herz auszuschütten. Um seine betrunkene Verlegenheit zu überspielen und die Stimmung aufzuheitern, gab er ein paar Witze zum Besten. Clara spielte mit, aber beim Abschied draußen auf der Straße rückte sie ihm mütterlich den Schal zurecht und sagte, dass er bis zu seiner Abreise nach Berlin zweihundert Prozent geben und ihr ihren albernen moralisierenden Vortrag nachsehen solle, und es sei ihre Schuld, ihn zum Kiffen verleitet zu haben. Dann strich sie ihm übers Haar, machte auf dem Absatz kehrt und ging in der bitteren Kälte davon. Auch Dani schlug den Heimweg ein, und während er in die abendlichen Lichter und den hektischen Verkehr eintauchte, wählte er die Nummer seiner Schwester.

22

Als er nach dem Treffen mit Clara nach Hause kam, saß Marta in der Küche und aß einen Joghurt. Sie wirkte auf ihn so jung wie noch nie. In ihrem mit winzigen Kirschen bedruckten Schlafanzug sah sie aus wie ein kleines Mädchen. Darüber trug sie einen seiner Pullover, den sie gern anzieht und der ihr viel zu weit ist. Er fragte sie, wie sie sich fühlte. Mit den Schatten unter den Augen sah sie verletzlich aus. Marta zuckte gleichgültig mit den Schultern, wie immer, wenn sie unangenehmen Gesprächen auszuweichen versucht. Sie wollte ihm nicht sagen, dass sie Angst hatte. Sie hatte Musik aufgelegt, die raue, ungeschliffene Stimme eines Sängers war zu hören.

»Hast du Fotos entwickelt?«

In der ganzen Wohnung roch es nach Entwicklerflüssigkeit und Fixierer für Schwarz-Weiß-Filme. Marta gab sich einen Ruck. Sie bat ihn, mit ins Badezimmer zu kommen, das sie für analoge Fotos als Dunkelkammer benutzt. Sie hat dort eine rote Glühbirne und eine Schnur angebracht, an der sie die Fotos vorsichtig mit einer Wäscheklammer aufhängt. Als Dani ihr zum ersten Mal dabei zusah, wie sie einen Film entwickelte, war ihm warm ums Herz geworden vor Zuneigung für diese Frau, aus deren Bildern ihre Sicht auf die Welt sprach. Lange Zeit hatte sie schweigend vor sich hin hantiert und mit ihren rauen, so wenig femininen Händen Bilder hervorgezaubert. Es faszinierte ihn, wie vollkommen sie die Welt um sich ausblenden konnte.

Im Bad hingen zwei Fotos. Es waren zwei Nahaufnahmen von Martas glattem Unterleib, in dessen Mitte die kleine Vertiefung ihres Nabels zu sehen war, ein Strudel, eine Spiralgalaxie, die den Blick des Betrachters unweigerlich nach innen zieht. Die Bilder waren körnig, eins verwackelt und unscharf, das andere scharf und voller Kontraste. Dani seufzte geräuschvoll.

»Der Nabel ist eine Narbe«, sagte Marta mit belegter Stimme. »Ich dachte, vielleicht möchte ich die Bilder eines Tages haben.«

Sie strich über das Papier, löschte unvermittelt das Licht und verließ das Bad.

»Hast du gegessen?«, hörte er ihre Stimme im Flur.

Er dachte über die Fotos und ihren Wunsch, sie zu besitzen, nach. Vermutlich hatte sich Marta vor dem Spiegel die Leica vor den Bauch gehalten. Er war dankbar für diese Geste, dafür, dass Marta diese Fotos gemacht und so ein Zeichen hinterlassen hatte.

Als er ins Wohnzimmer kam, saß sie auf dem Sofa. Vor ihr lag der Hund auf dem Boden und hatte den Kopf auf die Pfoten gebettet. Marta tat, als würde sie etwas auf ihrem Handy anschauen, war aber auf der Hut vor dem, was er vielleicht gleich sagen würde. Er streckte sich auf dem Sofa aus und legte seinen Kopf in ihren mit winzigen Kirschen besprenkelten Schoß.

»Sag nichts, Dani. Bitte, lass uns kein Drama machen. Ich ertrage es nicht.«

Gedankenverloren strich sie ihm über das Haar. Plötzlich schnupperte sie. Sie kicherte leise.

»Gras?«

Dani blickte zu Marta hoch und erzählte ihr von seinem Nachmittag, von dem Treffen mit Clara und ihrem Jobangebot. Das Gespräch mit seiner Schwester erwähnte er jedoch nicht. Anna hatte ihm klargemacht, dass es nicht gut für ihn wäre, Marta zu verlieren. Er solle sie in ihrer Entscheidung unterstützen. *Sei nicht blöd, Dani. Du hast eine fantastische Frau an deiner Seite. So wie in den letzten zwei Jahren habe ich dich noch nie gesehen. Willst du das alles wegwerfen? Und was spricht denn gegen Berlin? Ein paar Jahre im Ausland würden dir sicher guttun, denn du sagst doch selbst immer, dass du feststeckst.* Sie sprach mit einer solchen Überzeugung, dass ihm das Gespräch mit ihr wie eine Rettung erschien. Er stellte sich vor, wie sie sich das Telefon zwischen Ohr und Schulter geklemmt hatte und gleichzeitig mit Reagenzgläsern hantierte oder chemische Proben unter ein Mikroskop schob. Während er ihren Ratschlägen lauschte, konnte er ihre Gestalt im fahlen Licht des schwedischen Winters förmlich vor sich sehen. *Und außerdem wären wir dann viel näher beieinander, Dummkopf!*, sagte sie erfreut. Dani malte sich aus, wie seine Schwester ihn und eine glückliche Marta in Berlin besuchte. Er konnte in ihren Worten die Begeisterung hören, die er selbst gern gespürt hätte. *Kannst du dich eigentlich gut an Papa erinnern?*, unterbrach er sie plötzlich, da er die Vision von Berlin nicht ertragen konnte. Er brauchte ihre Hilfe, weil nach so vielen Jahren diese elende Sehnsucht erwacht war. Anna schloss in der Ferne die Augen und seufzte. *Nicht wirklich, Dani. Aber ich erinnere mich, wie klein du noch warst, als er starb. Du warst so verloren, und ich wollte mich um dich kümmern. Ich glaube, dass mich das auch selbst geschützt hat. Vor dem Schmerz, verstehst du?* Natürlich verstand er sie. Vielleicht hatte sie gerade unbewusst in Worte gefasst, warum er meinte, er müsse unbedingt Vater werden. Schon regten sich wieder Zweifel. *Aber was ist, wenn es für mich wichtig ist, Vater zu werden?* Sie legte die Hand über den Hörer und sagte kurz zu jemand anderem etwas auf Schwedisch. *Entschuldige, Dani. Ich soll mein Auto umparken. Was hast du gesagt?* Aber er wollte es nicht wiederholen, denn im Grunde wusste er bereits, dass er zurückrudern musste. Niemand konnte ihm das sagen, was er hören wollte, denn vermutlich war das, was er wirklich brauchte, nur ein wenig Aufmerksamkeit, eine Entschädigung für einen Verlust, der ihm immer noch zu schaffen machte. *Aber sag mal, Dani, weder du noch ich sind je sonderlich versessen auf Kinder gewesen. Hast du etwa ernsthaft mit dem Gedanken gespielt?* Er sagte Nein und zündete sich eine Zigarette an. *Wer weiß schon, was das Leben bringt. Vielleicht ändert Marta eines Tages ihre Meinung.*

Anna fand, er solle versuchen, Martas Schwangerschaft nicht zu wichtig zu nehmen. Er könne nicht wissen, ob er wirklich ein Kind haben wolle, denn er habe ja keine Ahnung, wie es ist, Vater zu sein. Anna muss alle zwei Wochen die Mutterrolle übernehmen, wenn ihr Partner, ein getrennt lebender Förster, seinem Teil des gemeinsamen

Sorgerechts nachkommt. Seine zwei Kinder, die auf Fotos immer mit ihren beunruhigenden stahlblauen Husky-Augen zu sehen sind, wirken kalt und scheinen zu Anna auf Distanz zu gehen, obwohl Dani fest davon überzeugt ist, dass sie sich so gut sie kann um sie kümmert. *Du bist jetzt genauso alt wie Papa bei deiner Geburt. Kannst du dir vorstellen, zwei Kinder wie uns zu haben?* Anna lachte auf ihre zurückhaltende Art, und er versuchte, ebenso unbefangen zu reagieren, aber bei ihrer Bemerkung über das Alter seines Vaters war er zusammengezuckt. Warum hatte er das nicht schon früher bemerkt? *Du, ich muss auflegen. Ich stehe mit dem Wagen auf dem Bürgersteig, und mir ist eiskalt. Ruf später noch mal an, hörst du?* Er achtete schon nicht mehr auf ihre Worte. Das gleiche Alter wie sein Vater. Manchmal schien es ihm, als wäre er der Einzige, dem solche Zufälle auffielen. In seiner Vorstellung war die Zeit etwas Elastisches, wo sich Eltern, die jung sterben, und Kinder, die alt werden, wie zwei Linien an einem Punkt kreuzen, den es in der theoretischen Mathematik nicht gibt. Auf dem Heimweg hatte er das Gefühl, zu etwas Wichtigem zu spät zu kommen. Vielleicht war schon alles kaputt, weil er so viel Druck ausgeübt hatte, vielleicht war es nicht wiedergutzumachen.

Als dann sein Kopf in Martas Schoß ruhte, verstand er, dass er sich seine Trauer über den Verzicht nicht anmerken lassen durfte. Er wusste, so nahe wie jetzt, als sie ihm über das Haar strich, würde er dem Embryo, den sie in ihrem Bauch trug, nie wieder kommen. Er musste an sich halten, um sich nicht von dem Gefühl übermannen zu lassen, dass sie drei zusammengehörten, dass sie eine flüchtige kleine Familie waren. Er wollte Abschied nehmen. Er stellte sich den Embryo in Martas Bauch vor. Da er kein Ultraschallbild von ihm gesehen hatte, wollte er seine Vorstellung von dem winzigen Nano-Astronauten bewahren, der langsam in der Schwerelosigkeit schwebte, und so sein kurzes Dasein würdigen. Ohne dass Marta den tieferen Sinn erfassen konnte, rutschte er ein wenig hin und her, als wollte er es sich bequem machen. Es sah aus, als hörte er ihr zu, doch seine ganze Aufmerksamkeit war darauf gerichtet, wie sein Ohr in der Höhe von Martas Bauch den Stoff mit den winzigen Kirschen berührte. Dani schloss die Augen und verabschiedete sich von dem kleinen Lebensspross. Er klammerte sich an die Vorstellung, dass er mit diesem Kind in eine Art Kommunikation getreten war. Und mit seinem Vater. Dani war es wichtig, diese beiden Menschen zu erreichen, um sie von nun an still für sich lieben zu können.

»Was hast du?«, fragte Marta und nahm seine Hand. »Ist alles okay?«

Unfähig zu antworten, lächelte er nur gerührt. Dann holte er tief Luft und riss sich zusammen, weil er nicht wusste, wie er das alles in Worte fassen sollte.

Eine Weile unterhielten sie sich über dies und das. Sie kamen zögerlich auf Berlin zu sprechen, dachten über mögliche Termine nach und überlegten, was der Umzug wohl kosten würde, aber als ihnen bewusst wurde, wie spät es schon war, und sie die leidige Planung für den Mittwoch in Angriff nehmen mussten, erwähnte Marta, dass sie am vergangenen Freitag in Begleitung ihres Vaters bei der Gynäkologin gewesen war. Die Stimmung kippte.

Marta hatte sich also nicht gescheut, jemand anderen als ihn darum zu bitten, sie zum Arzt zu begleiten. Ihn hatte sie nicht gebraucht. Dani kratzte sich am Ohr und wechselte abrupt das Thema, aber ihre Worte gingen ihm nicht mehr aus dem Kopf. Die Vorstellung, dass ihr Vater an seiner Stelle der Schutzengel gewesen war, wurmte ihn. Zuerst hielt er sich zurück, weil er dachte, dass Marta am nächsten Tag schon genug durchmachen müsste, aber er fühlte sich trotzdem gekränkt, kam sich vor wie eine belanglose Randfigur. Bislang war er davon ausgegangen, dass sie allein dort gewesen war, immerhin war sie ja eine selbstständige Frau. Wenn sie wollte, dass ihr jemand beistand, warum hatte sie dann nicht ihn gefragt? Oder wenigstens eine Freundin? Musste es ausgerechnet der Vater sein? Er fühlte sich übergangen.

»Du brauchst mich offenbar nicht, Marta. Ich komme mir vor wie ein Stück Dreck.«

»Du denkst nur an dich! Scheinbar ist die ganze Welt gegen dich! Ist dir eigentlich klar, was ich durchmache? Was ist denn mit dir los?« Der Ton wurde hitzig, vorwurfsvoll. »Du weißt nicht, was du willst, Dani. Du hast keine Ahnung, was du mit deinem Leben anfangen sollst, und darin hast du dich so gut eingerichtet, dass du keinen Schritt unternehmen kannst, damit es dir besser geht. Du machst gern auf Opfer!«

Hatte sie mit ihren Worten ins Schwarze getroffen? Vielleicht. Als Vater hätte er das Gefühl, sein Leben zu leben und nicht außen vor zu bleiben. Ein Sohn würde ihn verankern, ihm über die Arbeit hinaus Beständigkeit und Verantwortung geben. Ein Sohn würde seinem

Älterwerden einen Sinn geben. Was war falsch an diesem Wunsch? Er wollte sich lebendig fühlen.

»Lenk nicht vom Thema ab. Ich sage bloß, dass ich nicht verstehe, warum du deinen Vater mitgenommen hast und nicht mich. Schließlich ist dieses Kind auch mein Sohn.«

»Hör endlich auf! Kein Wort mehr über das *Kind*. Ich kann das Gerede über deinen *Sohn* nicht mehr hören, Dani!«

Aufgewühlt musste Marta an sich halten, um nicht loszuschreien oder Gläser an die Wand zu werfen, weil er seine Sehnsüchte auf den Fötus projizierte und einen Sohn daraus machte. Ihr Vater dagegen war einfach da gewesen. Er hatte keine Meinung, er war zumindest nach außen hin neutral. Ihr Vater hatte ihr einfach nur die Hand gedrückt, als sie die Praxis betraten, und sie umarmt, als sie wieder herauskamen. Das war alles. Mehr brauchte sie nicht. Und ganz gewiss wollte sie sich weder Dani noch ihrem Vater ganz öffnen. Wie sollte einer der beiden wirklich verstehen können, was sie empfand? Ihre Kommentare würden sie nur unter Druck setzen. Sie erzählte keinem der beiden, dass sie dachte, sie höre nicht richtig, als die Ärztin von einem *freiwilligen Schwangerschaftsabbruch* sprach. Sie weigerte sich zu akzeptieren, dass eine Abtreibung etwas Freiwilliges sein soll. Welche andere Wahl blieb ihr denn? Sie zweifelte daran, Mutter sein zu können, zweifelte, ob man Mutter sein konnte, ohne ganz sicher zu sein, ob man es wirklich wollte. Ob Dani und ihr Vater das verstehen konnten? Deshalb hatte sie auch mit keinem Wort erwähnt, wie wütend es sie gemacht hatte, als ihr der erste Arzt, der sie am Freitagmorgen in der Sprechstunde im

Krankenhaus untersuchte, Folsäure-Tabletten verschrieb. *Die sind im ersten Trimester sehr wichtig, für Sie und für den Fötus.* Obwohl sie am Tag zuvor zu Hause selbst zwei Schwangerschaftstests gemacht hatte, brauchte sie für das, was sie nicht glauben wollte, eine letzte Bestätigung durch einen Menschen und nicht durch ein Stück Plastik. Sie hatte sich schon während der Untersuchung über seinen bevormundenden Ton geärgert. Mit zitternder Hand nahm sie das Rezept entgegen und las, dass sie die Tabletten einmal täglich einnehmen sollte. Als sie aufblickte, sah sie den blutjungen Arzt gerade noch mit wehendem Kittel in einem anderen Untersuchungsabteil verschwinden. Hatte er denn nicht bemerkt, dass sie nicht vor Freude aus dem Häuschen war? Hatte er nicht gesehen, wie sie blass wurde, als er ihr achtlos mitteilte: *Ihre Tests waren korrekt, Sie sind in der achten Woche schwanger*. Wie kam er dazu, ihr ungebeten Tabletten zu verschreiben? Warum grinste er wie ein Honigkuchenpferd, als würde er eine frohe Botschaft verkünden? Warum fragte er sie, ob sie allein sei, und schürzte die Lippen, als sie antwortete, ja, sie sei allein gekommen? Warum nur ging er so selbstverständlich davon aus, dass die Bestätigung der Schwangerschaft sie glücklich machte? Vor der Klinik zerriss sie das Rezept und rief bei einer privaten Gynäkologin an, um einen Termin zu vereinbaren. Als Nächstes bat sie ihren Vater, ob er sie am Nachmittag nach Büroschluss dorthin begleiten könnte.

Irgendwann spät in der Nacht spitzte sich ihre Auseinandersetzung zu. Außer sich vor Wut schrie er sie an, und als Marta sich umdrehte und ihn verständnislos fragte, was los sei, brüllte er, sie sei ein verwöhntes kleines Mädchen und es sei ja nicht mehr normal, wie sehr sie ihren Vater anhimmelte.

»Ach, geht es jetzt um unsere Eltern?«, versetzte sie zornig. »Dann vergiss bitte nicht zu erwähnen, wie sehr du deine Mutter büßen lässt, als ob sie etwas dafür könnte, dass sie auf einmal allein mit euch beiden dastand.«

Sie rauchte eine Zigarette nach der anderen, und er beklagte sich, es würde zu kalt, wenn sie die Balkontür offen ließ. Draußen war die Temperatur inzwischen unter null gesunken.

Irgendwann schwiegen sie, um nachzuspüren, welche Folgen die Beleidigungen haben würden. Und auch, weil sie sich nichts mehr an den Kopf zu werfen hatten. Sie hatten ein Skalpell angesetzt und mit einem präzisen, entschlossenen Schnitt ihre Paarbeziehung in zwei Teile getrennt.

Dani insistierte nicht länger, er wusste, dass er es nicht mehr weitertreiben durfte. Der Kampf war aussichtslos, er wusste, dass seine Bitten für Marta ein Affront waren.

Er ging in die Küche und beantwortete eingegangene WhatsApp-Nachrichten, in denen es um ein anderes Leben zu gehen schien. Er war erschöpft. Als er die fröhlich-bunte Nachricht von Melca sah, die keine Ahnung hatte, was los war, und von einem Märzwochenende in Madrid schrieb, wo sie Zeit miteinander verbringen könnten und sie ihn ein paar Freunden vorstellen wollte, die eine kleine, auf Film spezialisierte Buchhandlung eröffnet hatten, wünschte er, dass der Mittwoch schon hinter ihm läge und am nächsten Tag endlich alles vorbei wäre. Marc hatte ihm dreimal geschrieben. In seiner letzten Nachricht erklärte er, der nächste Tag sei zwar ein Mittwoch, aber er würde es verstehen, wenn ihre Verabredung *bei all dem Chaos* ausfiele, oder? Er solle ihm Bescheid geben und *toi, toi, toi.* Dazu eine Reihe von Bizeps-Emojis. Dani dachte, wie passend das war: Er brauchte jetzt Kraft und Selbstbeherrschung.

Das Bild seines Vaters in seinen Kindheitserinnerungen, ein beinahe ausgelöschter Schmerz aus längst vergangener Zeit, der mit dem Schmerz zusammenfiel, den er in diesem Moment spürte. Wie gern hätte er das Band zwischen den Generationen weitergesponnen. Aber jetzt war es egal. Er wollte das alles nur noch hinter sich lassen. Und doch kramte er eine der wenigen Erinnerungen an ihn hervor, die er für echt hielt: die schlanke Gestalt, der Schnurrbart, der kräftige Geruch seiner Haut, der saure Achselschweiß unter dem karierten Hemd. Der kleine Dani auf dem Schoß seines Vaters, als der ihn an ihrem letzten Weihnachten in ihrem brandneuen Auto auf dem Weg nach Bellaterra ein paar Meter hatte fahren lassen. Die warmen Hände, die sich schützend auf seine legten und das Lenkrad festhielten. Das Kinn seines Vaters auf Danis Kinderköpfchen. Sie konnten nicht wissen, dass es das letzte Weihnachten war. Aber war es nicht sinnlos, sich in die Vergangenheit zu flüchten, um Problemen in der Gegenwart aus dem Weg zu gehen? Wenn er diesen Abgrund mit Marta überwinden wollte, musste er um der Liebe willen schweigen.

Noch immer in sein Handy tippend, musste er kurz zwinkern, als ihm der Rauch der Zigarette, die er sich angesteckt hatte, in die Augen stieg. Von der Küche aus sah er, wie Marta draußen auf dem Balkon mit der dunklen Nacht verschmolz. Er konnte ihre Umrisse nur erahnen und sah lediglich, wie sich die Glut ihrer brennenden Zigarette auf und ab bewegte. Marta wanderte von einem Ende des kleinen Balkons zum anderen, wie eine Löwin in ihrem Käfig. Er ging ins Esszimmer und winkte sie herein. Du erfrierst noch, sagte er durch die Glastür.

Wie sollte er auch verstehen, dass ihr die Kälte egal war, weil sie wie gerädert war, psychisch und physisch am Ende. Die Abtreibung würde bei ihr neben allen Seelenqualen eine körperliche Narbe hinterlassen, sie würde auf immer ein Kind gehabt haben, jeder Gynäkologe würde das auf den ersten Blick erkennen. Und war sie ein besserer Mensch, wenn sie sich für dieses Kind entschied, oder blieb sie mit einem Kind derselbe Mensch? Und wenn sie als Mutter derselbe Mensch blieb wie jetzt, was würde das Kind später einmal von einer Mutter denken, die es anfangs nicht haben wollte? Die Welt ist sicher voller ungewollter Kinder, die einigermaßen glücklich sind, dachte sie, aber musste wirklich noch eines hinzukommen? Sie fühlte sich erschöpft. Es war anstrengend, ihre persönliche Entscheidung so zu formulieren, dass sie sich zuerst selbst und dann andere überzeugte, die meinten, ein Recht darauf zu haben, mitzureden.

Als sie das Esszimmer betrat, umarmten sie sich. Marta wusste, dass jede Liebe ein Risiko war, und sie spürte, ja, sie wusste nun, dass sie Dani liebte. Diese Liebe machte sie verletzlich, sie brachte ihre Entschlossenheit in Gefahr, aber was hatte ein Leben ohne Risiko für einen Sinn?

Ein Beben dieser Stärke kann für ein Paar nur zweierlei bedeuten: Entweder es zerstört sie, oder es schweißt sie für immer zusammen. Aber in diesem Moment war ihnen nur bewusst, dass sie zum ersten Mal gemeinsam trauerten.

23

»Marta, ich hab dich gefragt, ob du die Papiere eingesteckt hast. Die Formulare.«

Sie schließt die Autotür und sieht in ihrer Tasche nach. Sie nickt.

»Nachher fährst du, okay?«, fragt sie ängstlich. Er nickt ebenso beklommen. Sie mögen das, was vor ihnen liegt, noch so sehr als Alltäglichkeit herunterspielen, *nachher* wird es anders sein. Nicht mehr so wie jetzt und auch nicht mehr so, wie es früher war. »Okay, dann nimm du das Parkticket.«

Sie gehen die Rampe des Parkhauses hinauf. Nur fernes Reifenquietschen und das Echo ihrer Schritte sind zu hören.

Auf der Straße erhält Dani eine Nachricht von Marc: *Toi, toi, toi, Alter. Denk dran: Solange du Freunde, Bier und Barça hast, ist alles halb so schlimm. Pass gut auf sie auf und gib ihr einen Kuss von mir.* Dani wünschte sehnlichst, die Welt wäre endlich still, aber sie will einfach nicht verstummen. Er verflucht die albernen, flüchtigen Ablenkungen, die ihm die Worte seines Freundes suggerieren.

Es ist neun Uhr früh. Die Straßen von Bonanova sind blitzsauber. In den von Botschaften, Privatschulen und Privatkliniken gesäumten Alleen fühlen sie sich wie

Fremde, in einer fremden Gegend, an einem befremdlichen Morgen und mit einem befremdlichen Ziel. In den Vierteln, in denen sie in jüngster Zeit gewohnt haben, haben sie Drogenrazzien erlebt, haben gesehen, wie die Tür des Hauses gegenüber mit einem lauten *Polizei!* aufgebrochen wurde, und den dröhnenden Rotor des über den Straßen kreisenden Hubschraubers als Begleitmusik in Sommernächten gehört. Jedes Viertel ist ein eigenes Ökosystem. Das, das sie heute betreten, wirkt so zurückhaltend, dass es dem Moment beinahe seine Tragik nehmen kann. Einen Teil ihrer Geschichte auszulöschen scheint in diesem aseptischen Umfeld leichter zu sein als irgendwo sonst.

Der kräftige Wind hat in der Nacht alle Wolken weggepustet. Es ist zwar kalt, aber der blaue Himmel ist so makellos, als wollte er sie daran erinnern, dass bald wieder Frühling und ihr Kummer für die Welt nur eine flüchtige Episode ist. Aber etwas stört. Hier gibt es überall Kinder. In Kinderwagen, warm eingemummelt, bis nur noch zwei Knopfaugen herausschauen; auf den Armen ihrer Eltern, die ihr kleines Päckchen rasch bei der Kita abliefern wollen, um pünktlich zur Arbeit zu kommen; an den Händen von Kindermädchen, die mit ihnen akzentreiches Englisch sprechen; hübsch herausgeputzte Kinder, die auf den Bus warten oder selig schlummern. Wohin sie auch schauen, überall kreuzen Kinder ihren Weg zur Klinik. Ein kleines Mädchen weint. Es sitzt auf dem Boden, neben ihm liegt ein Roller. Die Mutter eilt herbei. Sie ist jung und trägt einen cremefarbenen Mantel, der in der Taille mit einem Knoten geschlossen ist, High Heels, eine Handtasche und über der Schulter eine Computertasche, doch trotz dieser Aufmachung beugt sie sich elegant zu ihrer Tochter hinunter. Eine Schar Tauben stiebt auf und flattert über ihren Köpfen davon. Rasch macht Marta einen Schnappschuss, der urplötzlich in ihr eine Erinnerung hochkommen lässt. Sie ist etwa acht oder neun Jahre alt und sitzt auf der Treppe des Hauses der Eltern ihrer Mutter in La Garriga. Sie hat eine Schürfwunde am Knie, in die kleine Steinchen eingedrungen sind, und weint ebenso herzzerreißend wie das kleine Mädchen auf dem Platz. Doch sie weint nicht etwa, weil es wehtut, sondern weil ihr Vater auf einer Geschäftsreise ist und ihre Mutter ihr Bein untersucht.

»Es brennt jetzt ein bisschen, aber nur, damit es bald wieder heil ist, mein Schatz.«

Ihre Mutter tupft das Knie mit einem in Desinfektionslösung getränkten Wattebausch ab und pustet sachte, als ihre Tochter jammert. In diesem Moment hat Marta gemerkt, dass ihre sanfte, zärtliche Mutter eigentlich eine bessere Trösterin ist als der Vater. Aber genau diese fürsorgliche Seite an ihr hat Marta immer in die Flucht getrieben. Ihre Mutter hat es immer mit allem übertrieben. Ein bisschen zu viel Essen auf dem Teller, zu viel rosafarbene Deko im Zimmer der Mädchen, zu viel Make-up im Gesicht, sie hat zu viele Kalender mit Kätzchen oder Küken, zu viele Anne-Geddes-Postkarten, legt zu viel Parfüm auf, kauft ihnen Kleider mit zu vielen Schleifen und denkt sich zu viele kitschige Kosenamen für sie und ihre Schwestern aus: *meine Schätze, Prinzessinnen, Herzchen, Püppchen, Augensternchen*. Sie hat sich immer gewünscht, ihre

Mutter hätte ihren Job im Reisebüro nicht aufgegeben, um sich ganz *meinen Engelchen* zu widmen. Die Frau, die sich durch Reisen eine eigene Meinung über andere Länder gebildet hatte, die in Tromsø gewesen war und ihnen das Nordlicht als Poesie in Bewegung beschrieben hatte, hatte sich zu einer Übermutter entwickelt. Eine reizende Frau, hieß es seinerzeit immer über sie. Aber Marta, die ihr nachspionierte, wusste, dass ihre Mutter allein vor dem Badezimmerspiegel längst nicht so liebreizend war, sondern für ihren Körper nur Verachtung übrig hatte. Und im Auto betrachtete sie von der Rückbank aus voller Widerwillen das verwelkte Profil ihrer Mutter, während ihr Vater schweigend fuhr.

»Ich kriege keine Luft.«

Marta bleibt mitten auf dem Platz stehen und presst eine Hand gegen die Brust, während sie mit der anderen an Danis Ärmel zieht.

»Fühlst du dich nicht gut?«

»Warum rennen wir so? Wir liegen doch gut in der Zeit, oder?«

»Ja. Aber sag, geht es dir nicht gut?«

»Doch, doch. Es ist bloß … Ich liebe meine Mutter. Aber sie hat mir nie das geben können, was ich brauche.«

»Was sagst du, mein Schatz?«

»Dass sie mir nur das gegeben hat, was sie für das Beste hielt. Woher sollte ich dann wissen …«

Sie verstummt. Die Augen in ihrem blassen Gesicht wirken riesengroß. Sie legt ihre Hand auf ihren Bauch.

»Kinder machen mir Angst. Sie sind so zerbrechlich. Natürlich werden sie größer«, sagt sie und starrt dem

Mädchen nach, das bereits wieder auf seinem Roller herumsaust. »Aber ich würde das nicht hinkriegen. Wie oft hast du schon eine Entscheidung bereut, die du nicht mehr rückgängig machen kannst, weil es dafür zu spät ist? Ein Kind ist nach neun Monaten da. Wenn wir das heute durchziehen, beugen wir dem vor, oder? Es verhindert, dass ich es bereue, wenn es zu spät ist und das Kind auf der Welt ist, oder?«

Marta wirkt so in sich gekehrt, dass Dani sich ratlos fragt, was er sagen soll. Er ist sich nicht einmal sicher, ob sie mit ihm spricht oder Selbstgespräche führt. Er hat begriffen, dass er zwar biologisch beteiligt war, aber bei dieser Angelegenheit nicht mitzureden hat, und hat sich deshalb auferlegt, künftig zu diesem Thema zu schweigen. Er will Marta so sehen und ihr zuhören, wie es ihr gebührt, und nicht länger durch die Brille seiner eigenen Wünsche wie in den letzten Tagen. Was er jedoch nicht wissen kann, ist, dass Marta wieder einmal, wie so oft in den letzten Tagen, wenn sie über ihre Entscheidung grübelte, den Hauch einer Möglichkeit erahnt, wie durch einen trüben Nebel, bruchstückhaft, unvollkommen, aber immerhin. Diese Ahnung hat mit ihrer Beziehung zu ihrem Vater zu tun. Mit seiner Art, sie zu beschützen. Mit der Sicherheit, die er ausstrahlt, dem Tonfall seiner Stimme, mit der er die Dinge in Ordnung bringt, mit seinem Verständnis für sie, seiner guten Laune, dem Bild, das er von ihr hat. Mit seiner Wertschätzung und damit, dass er sie immer ermutigt hat, ihren Weg zu gehen, ohne kämpfen zu müssen, mit dem Vertrauen, das sie ineinander haben, und mit ihrer festen Überzeugung von klein auf, dass er immer an sie glauben wird. Es war ihr Vater, der ihr beigebracht hat, das Leben und vor allem sich selbst zu lieben. *Wie deine Entscheidung auch ausfällt, ich werde dich bei allem unterstützen, Marta.* Als er das vor ein paar Tagen zu ihr gesagt hat, lagen in seinem Blick Stärke und zugleich Zärtlichkeit. Seine Worte waren für sie wie ein beruhigendes Fundament. Die Selbstverständlichkeit, die ihr Vater ausstrahlt, bringt sie dazu, in Betracht zu ziehen, vielleicht eines Tages als Mutter selbst so handeln und einen Sohn oder eine Tochter ebenso lieben zu können. Aber das erwähnt sie Dani gegenüber lieber nicht, denn er würde sich sicher sofort an den Strohhalm klammern. Und sie ist zu erschöpft, um immer wieder um dieselben Gedanken zu kreisen. Es ist, als würde sie ein Negativ entwickeln, um dann beim Betrachten des Positivs festzustellen, dass nicht immer der makellose Papierabzug das ist, was zählt. Manchmal liegt die Schönheit der Bilder in den Negativen, in der Umkehrung von Hell und Dunkel, die sie schon immer fasziniert hat. Für jeden, der hier herumläuft, denkt sie, hat sich mindestens ein Mensch mal entschieden, die Mutter nämlich, vielleicht waren es sogar zwei oder mehr. Aber sie kann nicht mehr. Es ist einfacher, die Sache ein für alle Mal hinter sich zu bringen.

»Das Ganze tut mir wirklich leid, Dani«, sagt sie reserviert. Sie lässt sich nicht anmerken, was sie bewegt, sondern spart ihre Kräfte lieber für den Moment, wenn sie in der Klinik allein ist.

»Es muss dir nicht leidtun, Marta.«

»Ich bin wohl einfach nicht mutig genug.«

Dani streicht mit der Hand durch Martas blondes Haar, das je nach Jahreszeit, Sonnenlicht und Verführungskraft in verschiedenen Schattierungen leuchtet. Schon seit jeher hatte er eine Schwäche für blonde Frauen, aber mit ihr ist aus dieser Vorliebe Hingabe geworden. Doch in diesem Moment weckt ihr Haar in ihm schlagartig die Erinnerung an Berlin und den anstehenden Umzug. Er findet sie mutig, sehr mutig sogar. Er empfindet aufrichtigen Respekt für die Frau, die vor ihm steht.

»Alles wird gut, Marta.«

Der Satz hat einen scharfen Beiklang. Sie sehen einander nicht an, aus Furcht, in den Augen des Gegenübers auf Feindseligkeit oder vielleicht Feigheit zu stoßen.

Schweigend setzen sie ihren Weg fort und erreichen kurz darauf die Klinik. Marta blickt an der nichtssagenden Fassade hoch. Das ist es also, denkt sie. Dieses lang gestreckte Gebäude mit bläulichen Glasscheiben und einem unpersönlichen Logo in Chirurgengrün und Rosa. Beim Anblick dieser Farbe geht ihre Fantasie mit ihr durch. Ihr schwirrt der Kopf. Rosa. Das Trikot des Führenden in der Gesamtwertung beim Giro d'Italia ist rosa. Der Rasierer, mit dem sie sich die Achseln rasiert, ist rosa. Der heitere Rosarote Panther. *Quand il me prend dans ses bras, il me parle tout bas, je vois la vie en rose.* Sie denkt an die Pink Tax, ihre Situation als Frau, an ihre Mutter, ihre Schwestern und ihre Freundinnen. An all die Versionen ihrer selbst, die öffentlichen und die, die verborgen bleiben. An die Furchtlosen und die total Verängstigten. An ihre Oma Jutta.

Dani holt sie zurück in die Realität.

»Ich dachte, wir würden hier auf Abtreibungsgegner mit Transparenten stoßen.«

Anscheinend meint er es ernst, aber seine Worte rufen bei Marta nur ein verunglücktes Grinsen hervor, das zum Schnauben wird.

»Du hast definitiv zu viele Filme gesehen, Dani.«

Sie sieht ständig auf die Uhr. Es sind noch zwanzig Minuten, aber drinnen will sie nicht warten. Sie seufzt. Die beiden verabreden kurz, wo sie sich treffen werden und dass Marta Dani auf dem Handy anrufen wird, wenn alles vorbei ist. Sie geben sich einen raschen Kuss. Und dann betritt Marta schließlich die Klinik. Nach einem kurzen Wortwechsel überreicht sie der Frau an der Rezeption die Papiere. Und das Geld. Marta hat das Gefühl, diesen Ort nicht unbeschädigt zu verlassen. Hier drin ist es unmöglich zu sagen, ob es ein Neubeginn ist oder ein endgültiger Abschluss. Sie bemüht sich, freundlich zu bleiben, auch wenn die griesgrämige Frau an der Rezeption ihrem Blick ausweicht.

Im Wartezimmer sitzen drei Frauen. An der Wand tickt eine Uhr. Zwei der Frauen sind jung, die dritte ist mittleren Alters und blättert achtlos in einer Zeitschrift. Marta kann der Versuchung nicht widerstehen, ihnen ungeniert auf die Bäuche zu starren. Alles scheint in bester Ordnung zu sein. Sie nimmt so weit entfernt wie möglich von den anderen Platz und überlegt, ob sie eine Freundin anrufen soll, lässt es dann aber. Nervös kaut sie an ihren Nägeln und muss, wie jedes Mal, daran denken, wie ihre Mutter ihr früher auf die Finger gehauen hat. *Marta, mit solchen Händen findest du nie einen Ehemann.* Trotz der bitteren Flüssigkeit, die ihre Mutter besorgte und von der Marta übel wurde, kaute sie weiter. Sie hat ein Buch von Flannery O'Connor dabei, macht aber nicht mal den Versuch, es aus der Tasche zu holen. Das Rascheln der Zeitschriftenseiten gellt in ihren Ohren. Das Ticken des Sekundenzeigers dröhnt. Jedes Mal, wenn die Frau mit der Zeitschrift eine Seite umblättert, leckt sie an ihrer Fingerspitze und zögert einen Moment, bevor sie die nächste Seite umblättert. Um nicht denken zu müssen, versucht sich Marta ganz auf diese Geste, auf die vermeintlich unbeteiligte Nüchternheit dieser Frau und die Choreographie des Wartens zu konzentrieren. Die Frau leckt den Finger an, benetzt die untere Ecke der Zeitschriftenseite, neigt den Kopf, um die letzten Absätze zu lesen, und blättert um. Lecken, benetzen, lesen und umblättern. Lecken, benetzen, lesen und umblättern. Noch zwei weitere Male, dann springt Marta auf. Diesmal blickt die mürrische Frau an der Rezeption zu ihr auf und bestätigt, dass sie auch draußen warten kann. Wie getrieben eilt sie hinaus auf die Straße und sieht Dani in einer Ecke stehen.

»Wartest du nicht in der Cafeteria?«

»Was machst du denn hier? Gibt es ein Problem mit den Papieren?«

»Nein, das nicht. Die Atmosphäre ist unerträglich. Im Wartezimmer herrscht eine Totenstille, die ist unbeschreiblich, glaub mir.«

Marta bittet Dani um eine Zigarette. Als er das Päckchen aus der Gesäßtasche seiner Jeans hervorholt, zieht sie eine zerknitterte Marlboro heraus und sieht ihn angewidert an.

»Wir sollten echt mal mit dem Rauchen aufhören, Dani.«

Rauchen, nicht rauchen, umziehen, allein leben, Kinder bekommen, kinderlos bleiben, in der Stadt wohnen, mit jemandem zusammenleben, ein Wir sein, nach materiellem Besitz streben, sich in bestimmte Berufe hineinwagen. Entscheiden. Entscheidungen, die im Überschwang der Begeisterung für alles Neue gefällt werden, als wäre es überlebenswichtig, immer größere Schritte zu machen, immer mehr Verantwortung zu übernehmen und mit Überschallgeschwindigkeit immer weiter und weiter zu eilen. Sehnsüchte und Resignation. Getrieben von der falschen Verheißung, Individualist zu sein, restlos alles herausholen zu wollen, aber sich in Wahrheit nach Zugehörigkeit zu sehnen. Nachgeben oder nicht nachgeben, das ist die Frage, um die es hier eigentlich geht.

Weder würdigten sie den Neubeginn noch feierten sie den Übergang von einem Zustand in den anderen mit einer Zeremonie. Sie schrieben keine guten Vorsätze auf, legten keine Schwüre ab und gingen nicht einmal essen. Nichts deutete nach außen darauf hin, dass sich etwas verändert hatte. Doch das Leben lässt sich nicht aufhalten, es wird bei anderen in der gleichen Situation ähnliche Zweifel oder Überlegungen hervorrufen. Im Rückblick werden Marta und Dani zu der Überzeugung gelangen, in jenen Tagen zu einer anderen Frau, einem anderen Mann geworden zu sein. Die Erinnerung wird bleiben, das Echo eines

Vaters, einer Mutter, eines Kindes wird sie immer begleiten. Manchmal wird es ihnen schwerfallen, Realität und Trugbild zu unterscheiden, und sie werden im Stillen eine Verbindung eingehen mit dem, was nicht da ist, mit dem, was hätte sein können, in einer Zone im Zwielicht, in der all jenes liegt, was wir nicht haben wahr werden lassen.

DANK

Ich möchte dem ganzen Team meines Verlages Edicions del Periscopi, vor allem den Verlegern Aniol Rafel und Marta Rubirola, für ihr Vertrauen in mich und ihren Beistand bei diesem Buch danken. Ferner danke ich Anna Manso und Enric Pardo, die mir so realistisch das Leben eines Drehbuchautors geschildert haben. Dem bildenden Künstler Oliver Roura, der mir Berlin nahegebracht hat. Dem Schriftsteller Mikel Santiago, der sich für mich eingesetzt und dem Autor des Songs, dem dieses Buch seinen Titel verdankt, einen Brief überbracht hat.

Ein Dank gebührt auch meinem Agenten Bernat Fiol, bei dem alle Fäden zusammenlaufen, für seine tolle Arbeit und seine Freundschaft. Ebenso Silvia Querini für ihre Anteilnahme, ihre klugen Beobachtungen und unsere Gespräche bei so mancher Tasse Kaffee.

Meinen Eltern und insbesondere meiner Mutter, die sich um meine Kinder kümmert, wenn mich meine Bücher von zu Hause fortführen, und einen Riesendank an meine Kinder für ihre Geduld und dafür, dass sie immer da sind.

Diese Geschichte wäre nicht möglich gewesen ohne die großherzige Unterstützung der Schriftstellerin Laura Ferrero.

Marta Orriols, geboren 1975 in Sabadell, arbeitet als freie Kulturjournalistin für diverse Tageszeitungen, Zeitschriften und Kulturportale und lebt mit ihren beiden Söhnen in Barcelona. Nach einem hochgerühmten Erzählungsband und ihrem 2018 als bester Roman des Jahres ausgezeichneten, in fünfzehn Sprachen übersetzten Romandebüt ›Der Moment zwischen den Zeiten‹ ist dies ihr zweiter Roman.